사령왕 카르나크 17

초판 1쇄 2025년 9월 15일

지은이 임경배 · **발행인** 김정수 · **고문** 이종주
발행처 데카미디어 · **출판등록** 2025년 4월 17일
주소 서울시 영등포구 당산로 214 · E-mail tradejjang0@gmail.com
유통·판매 관리 (주)행운사 · **Tel** (031)901-1137 · **FAX** (031)901-4140
E-mail luckybogo222@naver.com · luckybogo222@daum.net

ISBN 979-11-7513-010-4 (17권)
ISBN 979-11-7513-002-9 04810 (세트)

ⓒ 임경배, 2025

이 책의 출판권은 저자와의 계약에 의해 (주)로크미디어에 있으며 (주)로크미디어와의 출간계약으로 데카미디어에서 출판되었습니다.
저작권법에 의하여 보호를 받는 저작물이므로 무단전재와 복제를 금합니다.

차 례

강림 • 7

용황제 • 59

세계의 수호자 • 109

Oh! My Goddess • 171

허신(虛神)의 은총(grace) • 245

강림

바탈록은 여전히 날뛰고 있었다.
"크아아아!"
에밀에게서 그가 받은 명령.

-자신의 안위를 무시하고, 여신교 신관들부터 모조리 죽여라.

종말의 어둠이 모조리 터져 나간 지금도 이 절대적인 언령은 거두어지지 않은 것이다.
아직 제도의 모든 여신교 신관들이 죽지 않았다. 그러니 마저 죽여야 한다.
황금의 투기가 채찍처럼 뻗어 가 대지를 후려쳤다.

-탈레도 투술, 파천광!

콰콰콰쾅!

신관들이 일제히 방어막을 펼쳤지만 소용없었다.

무왕이 전력을 다해 내리친 비기였다. 금빛 오러가 신성한 방패를 비스킷처럼 부스러뜨린 뒤 그 너머의 성직자들까지 찢어발겼다.

흩날리는 피와 살점 사이로 처절한 비명이 연달아 울린다.

"으아아아악!"

하나 이를 위해 바탈록이 치른 대가는 적지 않았다.

전력을 다했다는 소리는, 그만큼 다른 데 쓸 여력이 없다는 의미.

"바탈록!"

분노한 체펠린이 참격을 날렸다. 은빛 오러의 칼날이 아무 방해도 받지 않고 무왕의 오른팔을 베어 냈다.

검은 피가 쏟아지며 잘린 팔이 허공으로 날아오른다.

수십 명의 신관들의 목숨과 팔 한 짝을 바꾼 것이다.

바탈록은 개의치 않았다.

아직 명령을 완수하지 못했다. 지금의 그에게 중요한 사안은 그것뿐이었다.

"크아아아!"

짐승 같은 포효를 터뜨리며 바탈록은 계속 여신교 신관

들을 향해 공세를 퍼부었다. 등 뒤로 체펠린과 데스테란이 따라왔지만 신경 쓰지 않았다.

황금의 검광이 대지를 가른다.

수십 명의 신관들이 일제히 죽어 간다.

그리고 대가를 치른다. 데스테란의 오러 사슬에 의해 바탈록의 오른 다리가 으깨어진다.

또 황금의 참격이 허공을 가른다.

또 수십 명의 신관들이 일제히 죽어 간다.

이번엔 체펠린의 투기검에 의해 왼팔이 피를 뿌린다.

탈레도의 무왕, 신위에 달했던 바탈록의 무용을 생각하면 실로 비참한 광경이었다.

스스로를 지키지 말라는 명령 때문에 자신의 몸을 돌보지 못하고, 명백한 적인 체펠린과 데스테란을 강제로 무시한 채 오로지 신관들만을 죽이고 또 죽이는 것이다.

아무리 무왕이자 데스나이트라지만 이런 상태가 오래 갈 수는 없는 노릇.

결국 피투성이가 된 바탈록이 무릎을 꿇었다.

"명령을……."

언데드 상태이니 가쁜 숨을 몰아쉬거나 할 일은 없었다.

그저 천천히 부서지는 육신에 갇힌 채 멍한 음성을 흘릴 뿐이다.

"명령을 이행해야……."

은빛 사슬검이 쇳소리를 내며 날아들었다.

차르르르륵!

지금의 그는 데스테란의 공격마저 피하지 못할 정도로 망가진 상태였다. 수염이 덥수룩한 머리통이 뎅겅 잘려 허공으로 솟구쳤다.

"……"

4대 무왕 중 일인으로 불리며 검 쥔 자들의 왕으로 군림했던 절대 강자의 허무한 마지막이었다.

사슬검을 거두며 데스테란이 인상을 구겼다.

"이게 대체……"

체펠린도 비슷한 표정이었다.

"무슨 일이 벌어진 거지?"

무려 무왕을 무찔렀음에도 전혀 기쁘지 않다.

이게 무슨 승리란 말인가?

틀림없이 자신들이 하수였다. 바탈록이 도중에 정신 나간 것처럼 굴지만 않았어도 지금쯤 쓰러져 있는 건 체펠린과 데스테란이었을 것이다.

'왜 이렇게까지 해 가면서……'

'신관들을 죽이려 난리를 친 거지?'

둘의 의문은 채 이어지지 못했다. 그 순간 오러 유저의 감각에 변화가 감지된 탓이었다.

저 멀리, 아득히 드높은 곳에서 뭔가가 느껴진다.

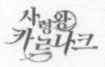

기겁한 체펠린과 데스테란이 동시에 고개를 들었다.
"헉!"
"이건?"
하늘이 울고 있었다.

세상의 기운을 다루는 오러 유저와 마법사, 성직자에 사령술사까지.
일정 경지 이상에 오른 이들이라면 누구나 깨달았다.
뭔가가 일어나고 있다.
제도뿐만이 아니다. 제국에서, 아니, 대륙 전역의 하늘에서 변화가 느껴진다.
하지만 무엇인지는 모르겠다.
희망도 절망도 아니었다. 공포도 환희도 아니었다.
그저 순수한 의문.

-저게 뭐지?
-대체 무슨 일이 일어나는 거지?

라피셀 역시 마찬가지였다.
"이게 뭔가요, 도대체?"

세라티와 레번이라고 알 리가 없었다.
"그, 글쎄?"
"이상한 느낌은 드는데······."
너무도 광활한 변화라서 너무도 많은 사람이 감지할 수 있었지만, 정작 이것이 무엇을 의미하는지 아는 이는 거의 없다.
하지만 검은 신의 교단은 달랐다.
하늘을 노려보며 디오그레스가 떨린 목소리를 흘린다.
"어떻게 이런 일이······."
기엔 렌 역시 혼란스러운 표정.
"어째서 당신께서······."
고개를 든 채 에밀 스트라우스가 멍하니 중얼거렸다.
"말이 안 되는데, 이건······."
눈앞의 적이 노골적으로 허점을 보이고 있음에도 바로스는 빈틈을 노리지 못했다.
그 역시 에밀 못지않게 당혹해하고 있었으니까.
[······저기, 도련님?]
눈을 껌뻑이던 바로스가 전언을 흘린다.
[이거 어째 도련님 같은뎁쇼?]
앞뒤가 안 맞는 말처럼 들리지만 카르나크는 이해했다.
차원 너머의 공허로부터 뭔가가 오고 있었다.
강대한 사기와 탁기를 머금고 죽음을 지배하는 자.

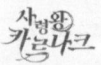

어둠의 주인이자 불변의 악이며 지옥을 거니는 심연.

그것은 틀림없이 사령왕이라 불릴 수밖에 없는 존재였다.

그리고 현시점에서 카르나크 외에 또 다른 사령왕이 있다면 오직 하나뿐이다.

"······테스라낙?"

'테스라낙이 강림한다고? 대체 어떻게?'

분명히 종말의 어둠은 다 날려 버렸다.

'설마 내가 속은 건가?'

그런 것 같진 않았다.

레오슬라프와 렐피아나의 영혼들을 주도면밀하게 심문해 검은 신의 교단이 세운 계획을 파악해 낸 카르나크였다.

영혼을 확실히 제압했으니, 당시의 타락 교황들은 그에게 거짓을 말할 수 없는 처지였다.

적어도 저들에게 속은 것은 아니다.

그렇다면 에밀이나 기엔 렌 등이 타락 교황들에게마저 모든 계획을 알려 주지 않은 것일까?

이것도 좀 이상하다.

제도에서 검은 신의 교단은 너무도 확실한 목적을 가지고 움직였다. 확실하게 종말의 어둠을 지키려 했고, 그걸 위해 수단과 방법을 가리지 않았다.

 카르나크를 속이려 했다면 그렇게까지 많은 피해를 감수할 이유가 없다.

 '하지만 그럼 이건 대체……'

 문득 카르나크는 에밀 역시 자신과 비슷한 표정을 짓고 있다는 사실을 깨달았다.

 그 역시 도무지 상황이 이해가 가질 않아 멍하니 허공만 올려다보고 있는 것이다.

 자, 만약 자신이 테스라낙이었다면 과연 어떤 식으로 행동했을까?

 입장 바꿔 생각해 보니 바로 답이 나왔다.

 '테스라낙, 이 새끼!'

 카르나크의 안면이 잔뜩 구겨졌다.

 '자기 부하들도 속였구나!'

 애당초 종말의 어둠은 테스라낙의 강림 조건이 아니었다.

 중요한 건 신성의 순위뿐, 대륙 전체에서 테스라낙의 신위가 일곱 여신보다 상위이기만 하면 되는 것이다!

 '그럼 종말의 어둠을 모으려고 그 난리를 친 건 뭐지? 그냥 단순한 속임수라기엔 너무 공을 들이던데?'

 일단 생각의 물꼬가 트이자 빠르게 추리가 이어졌다.

 현재 차원을 찢고 다가오는 저 존재는 확실히 세상을 뒤흔들 정도로 강대한 권능을 지니고 있었다. 하지만 종말로 향할 정도까진 아니었다.

'그렇군, 지금 강림하는 건 어디까지나 사령왕으로서의 테스라낙이야.'

절반의 성공이었다.

종말의 어둠을 터트려 죽음의 신이 강림하는 것은 막았지만, 사령왕이 이 시대로 회귀하는 것까진 막아 내지 못한 것이다.

"무슨 일인지는 모르겠다만……."

혼란스러워하던 에밀이 다시금 미소를 지었다.

상황이 어찌 되었건 한 가지만큼은 확실하다.

"나의 진신(眞身)이 오고 있구나!"

하늘이 운다.

세계가 찢어진다.

차원이 열리고 거대한 존재가 내려온다.

물질계 자체에는 아무런 영향도 주지 못해 일반인들은 결코 느낄 수 없는, 그러나 세계의 기운을 느끼는 자들에겐 압도적인 변화 그 자체.

바로스가 투덜거렸다.

[아니, 저 양반은 뭐 저렇게 거창하게 돌아온대요? 우리가 회귀할 때는 먹구름 한 장 깔린 적 없더만.]

자신들은 그냥 눈 한 번 감았다 뜨니 이 시대였다.

카르나크가 고개를 저었다.

[우리랑은 상황이 다르잖냐.]

여태 회귀한 이들은 전부 영혼의 상태로만 이 시대로 돌아왔다. 미래에 지녔던 강대한 권능 중 그 무엇도 가지고 오지 못했다.

반면 테스라낙은 권능 다 챙겨서 회귀하려고 여태 그 난리를 피운 놈이다.

[그렇구만요.]

멍하니 고개를 끄덕이던 바로스가 문득 섬뜩한 질문을 던졌다.

[그런데 도련님, 지금 저놈이 회귀하면 대체 누구 몸에 들어가게 되는 겁니까?]

카르나크와 바로스는 과거 자신의 육체로 회귀했다.

미래의 무왕과 대마법사들 역시 마찬가지였다. 이 시대를 살아가는 본인의 육체에 영혼이 깃들었다.

그럼 테스라낙은?

대체 그는 이 시대의 누구란 말인가?

아주 예상이 가지 않는 것은 아니다. 이제까지의 정황을 보아서는 카르나크 자신일 것이고, 템피스의 말에 따르면 바로스겠지.

카르나크가 재빨리 사령술을 준비했다.

[바로스, 권속화 계약 준비해!]

혹여 바로스의 몸에 테스라낙이 깃들 경우를 대비해서

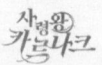

였다.

레번 때처럼 테스라낙을 도로 쫓아내긴 힘들 것이다. 그 역시 사령왕이니까.

하지만 최악의 경우라도 바로스의 영혼은 건질 수 있겠지.

흠칫 놀라 바로스가 되물었다.

[다른 권속들 싹 다 죽이시게요?]

[할 수 없잖아! 너 테스라낙 되고 싶냐?]

[그건 아니지만요.]

그나마 다행인 것은, 이제는 카르나크도 상당히 강해져서 바로스를 권속으로 삼을 정도의 여유는 생겼다는 점이다.

물론 대부분의 권속들은 바로스 말대로 포기해야 하겠지만.

'다행히 세라티는 해제하지 않아도 되겠네.'

곧바로 권속화 술법을 걸진 않았다. 바로스가 테스라낙이 아닐 가능성도 얼마든지 있었다.

[도련님이 테스라낙이면요?]

[그땐 곧바로 육체 버리고 빠져나올 테니까 내 영혼 챙겨서 바로 튀어!]

그렇게 대비를 마친 뒤 카르나크는 하늘을 올려다보았다.

'자, 누구냐? 누가 테스라낙이지?'

변화가 그쳤다.
하늘의 울림도 멎었다.
바로스가 카르나크를 경계하며 돌아보았다.
"도련님?"
카르나크 역시 비슷한 시선을 그에게 보내고 있었다.
"바로스냐?"
바로스가 미심쩍다는 듯 카르나크를 훑었다.
"진짜 도련님 맞아요? 가짜 아니에요, 혹시?"
"테스라낙이 뭐가 아쉬워서 그런 짓을 하는데?"
"도련님은 아쉬운 일 없어도 거짓말을 입에 달고 살았잖아요? 그럼 테스라낙도 그럴 수 있죠."
카르나크가 눈을 깜빡거렸다. 은근히 설득력이 있었다.
"하지만 그랬으면 난 진작 귀신 되어서 네 몸에 달라붙었을걸."
반대로 바로스 몸에 테스라낙이 깃들었다면 굳이 저런 식으로 말하진 않았을 것이다.
저건 누가 봐도 백 년 넘게 종복 노릇 한 놈의 말투다.
"네 녀석은 여전히 바로스구만."
"도련님도 여전히 도련님이시고요."
일단 두 사람에게 테스라낙이 강림하지 않았다는 것은

확실해졌다.

"그럼 테스라낙은 어디로 간 건데? 혹시 실패했나?"

"저 인간 표정 보니 그건 아닌 것 같은뎁쇼."

바로스 말대로 에밀은 하늘을 올려다보며 환희에 잠겨 있었다.

"으하하하!"

그리고 그 너머로 보이는, 부서진 대신전의 지붕 사이로 드러난 제도 상공.

갑자기 하늘이 통째로 갈라진다.

공간이 열리며 눈부신 빛이 쏟아져 나왔다. 거대한 무엇인가가 공간을 뛰어넘을 때 일어나는 현상이었다.

순간 카르나크는 깨달았다.

'테스라낙이 자기 몸으로 향하긴 했었군.'

단지 그 몸이 제도 테아 크라한에 없었을 뿐이다.

아득히 먼 곳에서 육체를 되찾은 테스라낙이 여기로 오고 있다. 북소리와도 같은 굉음이 제도 상공에 울려 퍼진다.

쿵쿵쿵쿵쿵!

공간이 일그러지며 거대한 존재가 스스로를 드러냈다.

마치 산봉우리가 나타나는 듯한 광경이었다.

광대한 날개가 구름을 가르며 휘몰아친다. 거대한 꼬리가 대지를 가로질러 지평선 너머까지 드리워진다. 단단한 비늘이 검붉은 하늘을 반사해 연신 번뜩인다. 머리에 돋아

난 12개의 뿔은 하나하나가 거대한 탑과도 같다.

바로스의 목소리가 떨렸다.

"……우리 엿 된 것 같습니다요, 도련님."

카르나크 역시 비슷한 표정이었다.

"……그러게 말이다."

자그마치 500미터에 달하는 거대한 드래곤이 황금빛 눈동자를 번득이며 지상을 오만하게 내려다보고 있었다.

세상의 수호자이자 지상에 내려앉은 용신이며 모든 드래곤들의 지배자.

세계를 정복했던 사령왕 카르나크와 데스나이트 로드 바로스조차 소멸을 각오해야 했던 최강의 숙적.

"용황제 그라테리아……."

허탈한 목소리로 카르나크가 중얼거렸다.

"역시 저 작자가 테스라낙이었나?"

하늘을 뒤덮은 거대한 드래곤을 올려다보며 카르나크가 확인차 물었다.

[템피스, 저거 정말 테스라낙 맞냐?]

아크 리치, 템피스가 빠르게 답했다.

[틀림없습니다.]

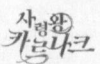

칼라프도 옆에서 첨언했다.

[왜 드래곤의 모습을 하고 있는지는 모르겠지만요.]

둘 다 용황제에 대해선 전혀 알지 못한다. 하지만 저 거대한 드래곤이 한때 자신들이 섬기던 자임은 확신할 수 있는 것이다.

끔찍하리만치 강렬한 존재감이 오인을 용납하지 않았으니까.

카르나크는 무심히 대꾸했다.

[그렇군.]

크게 놀랍진 않았다. 그러면 그렇지 같은 느낌도 살짝 들었다.

'솔직히 그라테리아 같긴 했지.'

마나와 오러, 신성력과 사령력을 동시에 구사하는 테스라낙의 수법. 이는 드래곤들이 지닌 용마력의 특징과 빼닮았다.

게다가 검은 신의 교단은 테스라낙의 권능을 이용해 드래곤들을 지배하기도 했다.

여러모로 정황은 테스라낙의 정체를 용황제로 끌고 가고 있었다. 그럼에도 그간 카르나크가 확신하지 못한 이유는 간단했다.

바로스가 그 이유를 입에 담았다.

[정말 용황제가 타락한 것이었다고요?]

테스라낙의 행보를 보면 틀림없이 지성을 지니고 있다. 사롱 상태의 그라테리아는 아니라는 의미다.

그렇다면 스스로의 의지로 악의 화신이 되었다는 소리인데…….

[도련님이 개과천선하는 것만큼이나 가능성 없는 일 아니에요, 이거?]

이는 마치, 카르나크가 어느 날 갑자기 자애로운 성인이 되어 사람들을 위해 봉사하는 삶을 살게 되었다는 소리나 마찬가지인 것이다.

[그래서 나도 아닌 줄 알았지.]

하지만 잘 생각해 보면 지금의 카르나크도 상당히 많이 변했다.

고작 이 정도를 개과천선이라 할 수 있을지는 의문이지만 그래도 예전 사령왕 시절에 비하면 엄청나게 달라진 것은 사실이다.

그럴 만한 이유가 있었기 때문에.

'그렇다는 건, 그라테리아에게도 사령왕이 되어야 할 이유가 있었다는 건가?'

그때였다.

갑자기 허공에서 음성이 울렸다.

"내게 충실한 자들아."

천둥처럼 떨쳐 울려 안개처럼 퍼져 나가는 장엄한 목소

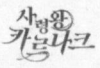

리였다.
"오너라."

대신전 각지의 기옌 렌과 디오그레스 콜론, 그리고 에밀 스트라우스까지.

이들의 전신이 갑자기 빛으로 휩싸였다. 디오스며 세라티, 바로스 등이 기겁해 자세를 취했다.

'뭐지?'

공격을 하려는 것은 아니었다.

오히려 반대, 저 셋의 모습이 빛과 함께 대신전에서 사라져 버린다.

드렐이 어이없다는 듯 중얼거렸다.

"맙소사, 공간 이동을 저렇게 쉽게?"

공간을 다루는 수법은 마법 중에서도 최고의 난이도를 지니고 있다.

9서클의 마법사라도 공간을 접어 아공간 주머니를 만드는 정도가 한계, 10서클의 대마법사가 고작해야 단신으로 수십 미터를 뛰어넘는 수준에 불과하다.

마법사들이 주로 구사하는 단거리 순간이동 주문 블링크도 실은 공간 이동이라기보단 신속 이동 쪽이다. 진짜 공간 이동이었다면 중간에 벽이나 장애물이 있어도 문제없이 통과했을 것이다.

하지만 방금 눈앞에서 일어난 현상은 다르다.

자그마치 수백 미터의 공간을 뛰어넘지 않았는가!

"그걸 이제 놀라는 건가?"

디오스가 옆에서 헛웃음을 흘렸다.

"애초에 저 드래곤이 어떻게 나타났는데?"

공간을 왕창 찢어발기며 수백 미터에 달하는 동체를 제도 상공에 떡하니 드러냈었지.

드렐도 고소를 머금었다.

"그건 너무 스케일이 커서 실감이 안 났으니까요."

둘 다 농담처럼 말하고 있지만 등줄기는 축축하게 젖어 있었다.

내내 식은땀이 흐른 탓이었다.

저런 압도적인 존재를 눈앞에 두고 태연할 만큼 이들은 둔하지 못했다.

사라진 세 줄기 빛이 허공에 다시 맺혔다.

수백 미터에 달하는 거대한 드래곤의 머리 옆에 세 사람의 모습이 다시 나타난다.

빛의 발판을 딛고 선 기옌 렌과 디오그레스 콜론이 무릎을 꿇었다.

"테스라낙이시여."

"당신의 종이 주인을 뵈옵니다."

정중히 예를 올리다 말고 문득 기옌 렌이 물었다.

"……그런데 어이하여 그런 모습을?"

용황제로서 나타난 테스라낙에 대해 당황한 이들은 뎀피스나 칼라프뿐만이 아니었다.

영혼에 각인된 낙인이 있으니 테스라낙이란 사실 자체를 의심하진 않지만, 기옌 렌과 디오그레스 콜론 역시 의아해하고는 있었던 것이다.

"그렇군."

거대한 드래곤이 음성을 흘렸다.

"지금은 그대들에게 친숙한 모습이 좋겠어."

수백 미터에 달하는 거체가 빛으로 바뀌었다. 하늘을 뒤덮을 듯한 존재가 급속도로 줄어들기 시작했다.

잠시 후, 금발의 중년인이 광휘의 발판을 딛고 허공에 섰다. 윤기가 흐르는 검은 로브로 전신을 감싼 마법사의 모습이었다.

반면 덩치는 꽤나 컸다.

거의 2미터에 달하는 키에 딱 벌어진 어깨, 모르는 사람이 보면 강인한 전사로밖에 볼 수 없을 것 같은 몸이다.

무엇보다 특이한 점은 두꺼운 근육을 덮은 창백한 피부.

그는 마치 데스나이트처럼 회색빛 피부를 드러내며 죽음의 기운을 흘리고 있었다.

그럼에도 언데드는 아니다. 사기 못지않은 생기 역시 전신에 맴돈다.

테스라낙을 노려보던 세라티가 눈을 깜빡였다.

거리가 너무 멀어 장담은 할 수 없지만 어째 묘하게 낯익은 얼굴이었다.

'저거 혹시……'

저 얼굴을 훨씬 젊게 만들고, 피부색을 좀 더 혈색 좋게 바꾸고 나면?

'바로스 경?'

같은 시각, 바로스도 같은 의문을 품고 있었다.

"저게 내 얼굴이라고요?"

원래 사람이 의외로 낯설어하는 것이 자기 자신의 모습이다. 오히려 오래 봐 온 타인 쪽이 더 익숙하다.

평생 바로스를 봐 온 카르나크가 단언했다.

"어디까지나 생긴 것만큼은 말이지."

더더욱 혼란스러워졌다.

테스라낙의 정체는 용황제 그라테리아였다. 이는 이제 확실해졌다.

그런데 왜 엉뚱하게 데스나이트 로드 시절 바로스의 모습을 취했단 말인가?

'뭐가 뭔지 모르겠군, 정말.'

아쉽게도 더 이상 혼란스러워할 여유 따윈 없었다.

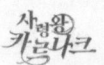

테스라낙의 시선이 지상으로 옮겨진 탓이었다.

―✦―

회색빛 피부의 중년 사내가 오른손을 가볍게 들어 올렸다. 그의 주위로 거대한 광구 세 개가 떠올랐다.

빛의 구슬들이 테스라낙을 돌더니 이내 지면으로 쏟아진다.

파지지지지직!

세 줄기 광선이 대지를 강타했다. 섬광이 어찌나 굵은지 순간 빛의 탑이 제도에 우뚝 솟은 것처럼 보였다.

이내 광대한 폭발이 일어나며 흑청색의 섬광이 온 세상을 눈부시게 밝혔다.

콰아아아앙!

무자비한 파괴의 빛이 세 여신의 대신전을 일격에 증발시켰다.

그뿐만이 아니었다.

내리꽂힌 빛의 기둥들이 제도 전역을 그어 가기 시작했다.

무자비한 권능의 흐름이 하늘을 가로지른다. 도로가 찢겨 나가고 상가와 주택들이 무너지며 경계를 넘어서 성벽까지 파괴의 손길을 뻗어 간다.

콰콰콰콰콰쾅!

열기가 제도 곳곳에 폭풍이 되어 불어닥쳤다.

분쇄된 석조 파편들이 휘몰아치며 닿는 모든 것들을 찢어발겼다.

그 끔찍한 파괴의 현장 속에서 카르나크 일행이 할 수 있는 것은 거의 없었다.

"우, 우아악!"

"방어막! 방어막!"

"오러를 펼쳐!"

허겁지겁 몸을 날리며 최대한 섬광을 피해 달아난다.

잠시 후 무너진 건물 파편 사이로 일행이 하나둘 모습을 드러냈다.

"모두 무사한가?"

"으으……."

"갑자기 이런 짓을……."

의외로 다들 멀쩡했다. 테스라낙의 공격이 일행을 직접 노리지 않은 덕분이었다.

그냥 제도 전체를 부수는 와중에 휘말렸을 뿐인 것이다. 그럼에도 파괴력이 너무 높아 다들 몰골들이 말이 아니었다.

'직격이었다면 시체도 남기지 못했겠군.'

카르나크는 빠르게 머리를 굴렸다.

'이제 어쩌지?'

해답은 쉽게 나왔다.

어차피 승승장구만 해 온 인생도 아니었다. 오히려 패배하고 도망치던 경험이 더 많았다. 예상이 빗나가는 것도 흔한 일이었다.

'여기서 뭘 더 하려고 하면 안 된다.'

제도는 포기한다. 제국군도 포기한다.

패배를 인정하고 아군을 최대한 건사하는 쪽이 최우선!

카르나크가 침착하게 모든 권속에게 전언을 보냈다.

[나의 권속들에게 알린다.]

대신전 북쪽의 세라티와 레번, 말로카.

남쪽의 바로스와 템피스, 칼라프.

서쪽의 디오스와 드렐, 밀리아에 티라파트까지.

모두가 카르나크의 전언을 받았다.

[다들 도망쳐라.]

물론 단순히 도망치라고만 하면 순순히 따를 리 없다.

카르나크는 자신의 권속들에 대해 잘 알고 있었다.

그들은 눈앞에서 사람들이 죽어 가는데 그냥 두고 볼 정도로 냉혹한 성품들이 아니다. 뭐, 바로스와 아크 리치들은 빼고 말이지만.

그래서 강제로 명령을 내린다.

[이는 영혼의 주인 된 자의 명이다!]

동료도, 아군도, 시민도, 양심과 도덕마저도 저버린 채 무조건 도망치게 만드는 절대명령.

[모든 것을 버리고 도망쳐 스스로의 안위만을 지켜라!]

제도 테아 크라한 상공.

지상을 내려다보면 기엔 렌과 디오그레스 콜론이 눈을 부라렸다.

"앗!"

"저놈들이!"

박살 난 대신전의 폐허 사이로 카르나크 일행이 도주하고 있었다.

"어딜!"

황급히 두 대마법사가 비행 주문을 펼치려 할 때였다.

테스라낙이 둘을 만류했다.

"가게 두어라."

"……테스라낙이시여?"

둘 다 의문을 품은 채 주인을 돌아보았다.

결코 놓아줄 수 없는 놈들이었다. 저들 때문에 그동안 얼마나 많은 일들을 방해받았었나?

특히나 위험한 자는 정해져 있다.

"다른 건 몰라도……."

"저 카르나크란 놈만큼은 반드시 처리해야 합니다!"

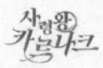

테스라낙이 가볍게 손을 저었다. 동시에 두 대마법사의 뇌리에 절대적인 명령이 울렸다.

-그의 죽음을 금(禁)한다.

순간 의문이 떠오른다.
'어째서?'
하지만 이내 사라진다. 자연스러운 의문 대신 부자연스러운 복종이 따라온다.
"그보다 궁금한 것이 있다."
잠잠해진 두 사람을 보며 테스라낙이 조용히 물었다.
"왜 이 몸이 이런 식으로 강림하게 되었지? 어둠의 세계수는? 아스트라 슈나프가 뿌리 내렸어야 할 종말의 토양은 어찌 된 건가?"
주인의 질책에 두 대마법사가 사시나무처럼 떨며 머리를 조아렸다.
"용서를……."
"저희 힘이 미흡하여……."
해명을 하라 했더니 잘못부터 빌고 앉았다.
하지만 탓하지 않는다.
애초에 이들은 그런 방식으로 영혼의 노예가 되었다.
'사정을 알아야겠군.'

테스라낙의 시선이 에밀 스트라우스에게로 향했다.

"돌아오라, 내 영혼의 편린이여."

순간 은총의 빛이 그를 떠나 테스라낙에게로 스며들었다. 에밀 스트라우스의 눈빛이 멍하게 바뀌었다.

꼭두각시가 된 에밀을 뒤로한 채 테스라낙이 고개를 끄덕였다.

"과연."

이제야 상황을 알겠다.

"역시 그자답군. 이 와중에도 최대한 방해를 했단 말이지?"

그러는 와중에도 카르나크 일행은 계속 멀어지고 있었다. 이미 대신전의 옛터를 벗어나 제도 외곽까지 향하는 중이다.

그들을 내려다보며 디오그레스 콜론이 물었다.

"이제 어찌하오리까?"

테스라낙이 양손을 펼쳤다.

"이곳을 나의 권역으로 바꿀 것이다."

종말의 어둠을 잃어 당장은 움직일 수 없게 되었다.

그렇다면 차선책을 행할 수밖에.

"오너라, 나의 아이들아."

제도 하늘이 한 번 더 떨쳐 울렸다. 공간이 연신 찢어지며 곳곳에서 빛을 뿜어댔다.

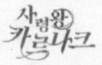

그 빛 너머로 그들이 나타난다.

거대한 동체와 날개로 하늘을 미끄러지며 포효를 터트린다.

크아아아아-!

수백에 달하는 막대한 숫자의 드래곤들이 공간을 뛰어넘어 이곳, 테아 크라한의 하늘 위를 날고 있었다.

―◆―

각기 다른 크기와 색상의 드래곤들이 무리 지어 하늘을 가로지른다.

자그마치 수백에 달하는 숫자였다. 놈들이 스쳐 지나간 자리마다 돌풍이 일었다.

시야를 가득 덮은 용들의 날갯짓을 보며 제국군 수뇌부는 당황했다.

"저건 또 뭐야?"

"우리가 이긴 거 아니었어?"

종말의 어둠을 터트렸으니 검은 신의 교단은 이대로 물러나고 제국이 승리.

작전을 수립한 카르나크의 말에 따르면 이리되어야 했다.

그런데 물러나긴커녕 몇십 배나 되는 숫자의 용들이 갑자기 나타나다니?

드래곤들이 불의 숨결을 토하기 시작했다. 시체로 쌓아 올린 거대한 여섯 기둥에 수십 줄기의 불길이 작열했다.

콰콰콰콰쾅!

마법사들이 어떻게든 막아 보려 했지만 소용없었다.

여태 거점들을 방어하던 여신교 신관 대부분이 바탈록에 의해 죽음을 당한 후였다. 마법사들만으로는 도저히 기둥들을 지켜 낼 수 없었다.

화르르륵!

제도 곳곳에서 거대한 불길이 치솟는다. 용들이 저마다 교차로 날아들며 계속 브레스를 뿜어 댄다.

의외로 제국의 일반 병들은 차분히 반격하고 있었다.

빠르게 산개해 브레스를 피한 뒤, 스쳐 지나간 드래곤들을 향해 온갖 마법과 화살을 쏘아 댄다.

"물러서지 마라!"

"사격 개시!"

패닉에 빠진 수뇌부와 달리 용케 사기를 유지하고 있는 것이다.

그럴 법도 한 것이, 일반 병사들은 종말의 어둠이 터진들 그게 좋은 건지 나쁜 건지도 모른다. 알려 준 적이 없으니까.

그러니 그냥 싸우던 대로 계속 싸우고 있다.

"으아, 뭐가 이렇게 자꾸 나타나는 거야?"

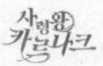

"언제까지 버티고 있어야 하는 거지?"

이에 제국군 수뇌부도 정신을 차렸다.

이렇게 된 이상 남은 선택지는 하나뿐이었다.

"전원 후퇴!"

"후퇴하라!"

뜬금없는 명령임에도 제국군은 질서정연 하게 움직였다.

상황을 잘 모르지만 일단 튄다?

이는 지난 며칠간 제국군이 항상 해 오던 행위였다. 연습도 질리도록 한 것이나 다름없었다.

물론 드래곤들도 그들을 그냥 보내 주진 않았다.

후퇴하는 제국군의 머리 위로 폭격이 이어진다. 제국군도 얌전히 당하진 않는다. 마법사들이 연달아 허공에 뇌전과 빙창, 분쇄의 섬광을 날린다.

빛과 빛, 불꽃과 얼음, 온갖 파괴의 권능이 하늘과 땅에서 어우러졌다. 폭발음이 끊임없이 울리고 대지가 지진이라도 난 듯 진동을 멈추지 않았다.

그 끔찍한 혼돈의 도가니 속에서 제도의 시민들이 할 수 있는 것은 거의 없었다.

그저, 지하실 깊은 곳에 숨어 최대한 몸을 웅크린 채 공포에 떨며 기도를 올린다.

"지켜 주소서……."

기도의 대상은 자신들을 지켜 주지 못한 일곱 여신이 아니었다. 이런 지옥을 몰고 온 검은 신도 아니었다.
 지금의 이들이 유일하게 믿고 따를 수 있는 황혼의 여신이었다.
 "지켜 주소서, 세라칼이시여……."

―✦―

 아무리 제국군이 후퇴에 익숙하다 해도 수백에 달하는 드래곤은 결코 만만한 존재가 아니다.
 연이어 쏟아지는 브레스의 폭격 아래 연신 비명이 터져 나온다.
 "으아아아악!"
 죽어 가는 제국군을 뒤로한 채 드렐은 계속 뛰었다.
 '도주해야 한다.'
 평소의 그였다면 결코 저들을 놔두고 도망치지 않았을 것이다. 하지만 지금은 카르나크의 절대명령이 그의 뇌리를 잠식 중이었다.
 무정하고 무자비하게, 제국군의 목숨을 도외시한 채 계속 제도 외곽으로 뛰어간다.
 문득 눈앞에 도주에 방해가 되는 것이 보였다. 제국군을 향해 브레스를 뿜고 있는 드래곤이었다.
 '방해가 되는 것은 치운다!'

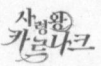

드렐이 몸을 날렸다.

건물 벽을 타고 오르며 단숨에 옥상까지 다다른 뒤, 그대로 지붕을 박차고 날아오른다. 수십 미터를 순식간에 뛰어오르며 하강한 드래곤의 코앞까지 쇄도한다.

은검기가 번뜩이며 허공을 갈랐다.

"타아앗!"

일격에 아성체 드래곤의 두 날개가 잘려 나갔다. 피를 뿌리며 드래곤이 비명과 함께 추락했다.

"크아아아아아!"

재차 지상으로 내려앉는 드렐을 향해 제국군 병사들이 감격해 외쳤다.

"사, 살았다!"

"감사합니다, 기사님!"

드렐은 대꾸하지 않았다.

병사들을 구하려 한 것이 아니었다. 그저 도주에 방해되는 존재를 치웠을 뿐이었다.

'도주해야 한다.'

드렐의 발놀림이 더더욱 빨라졌다.

권속들의 움직임을 살피며 카르나크는 속으로 혀를 내

둘렀다.
'어휴, 일부러 명령으로 강제하길 잘했지.'
드렐뿐만이 아니었다.
레번과 디오스, 천사 형태의 밀리아도 비슷하게 굴고 있었다.
분명히 명령받은 대로 도주만을 위해 움직이는데, 그 와중에 무의식적으로 주변 사람들을 구하고 다니는 것이다.
얼마나 좋은 사람들이면 정신이 제압된 와중에도 저럴 수 있단 말인가?
'애들이 인간미가 없어, 인간미가.'
아, 물론 바로스와 4대 장로는 진작 쌩 하니 도망갔다. 참으로 인간미 넘치는 것들이었다.
하여튼, 명령을 걸었는데도 저 정도니 만약 그냥 도망치라고 말만 전달했으면 결과는 뻔했으리라.
다들 죽어도 도망 안 가고 한 명이라도 더 살리겠다고 미적대고 있었겠지.
그러다가 테스라낙에게 걸려서 아까운 전력만 날리게 되었을 것이다.
지금 제도 저편에서 몸을 날리는 저 잿빛 머리 소녀처럼.
"에잇!"
은빛 오러를 전신에 두른 라피셀이 제국병들 앞을 가로막았다. 그리고 날아드는 드래곤의 불길을 일격에 갈라 버렸다.

"더 이상 사람들을 죽게 할 순 없어!"

콰콰콰쾅!

좌우로 갈라진 폭염이 제도의 거리를 때렸다. 그 모습을 본 순간 카르나크는 자신이 놓친 부분을 깨달았다.

'이런.'

그의 일행 중엔, 권속이 아니면서 그 누구보다 정의감에 불타는 소녀가 한 명 있는 것이다.

심지어 은밀한 전언 체계에도 들어 있지 않지.

'실수했군.'

그렇다고 도로 테스라낙의 턱 밑으로 돌아가는 것은 지나치게 위험한 일이었다. 합리적으로 생각하면 라피셀을 포기하는 쪽이 옳았다.

'할 수 없지, 이쯤에서 버리는 수밖에.'

그리고 제자리에서 멈췄다.

멈춘 그대로 몸을 돌리며 재차 바람 걸음의 주문을 외운다.

'어?'

순간 카르나크는 당황했다.

정신 차려 보니 어느새 온 길을 되돌아 라피셀에게로 향하고 있었다.

'뭐야? 내가 왜 이러지?'

드래곤들이 내내 날아다니며 브레스만 쏘아 댄 것만은 아니었다. 수시로 저공비행을 시도하며 제국 병사들을 직접 공격하기도 했다.

낮게 깔린 죽음의 그림자가 강철 같은 발톱을 들이민다. 연약한 인간의 육신이 찢겨 나가 피와 살점으로 바뀐다.

"으아아악!"

처절한 비명을 뒤로한 채 드래곤들은 다시금 날아올랐다.

빠른 급강하로 치명적인 일격을 가한 뒤 곧바로 안전한 거리까지 빠질 수 있다는 것이야말로 하늘을 나는 이의 특권이다.

이대로만 반복하면 두 발로 걷는 인간들 따윈 날개 달린 용들의 비늘 한 장 건드리지 못하리라.

착각이었다.

"타아아앗!"

낭랑한 기합과 함께 잿빛 머리 소녀가 드래곤의 뒤를 쫓는다.

전신이 가공할 은빛 오러로 뒤덮인 인간이었다. 지닌 기운만 봐도 상대가 안 될 것이 뻔하기에 드래곤들은 본능적으로 수십 미터 상공으로 올라갔다.

그러자 소녀가 오른손을 뻗었다.

차르르륵!

무려 수십 미터에 달하는 오러 사슬이 솟구쳐 한 드래곤의 꼬리를 휘감았다. 곧바로 소녀가 사슬을 당기며 땅을 박찼다.

쿠웅!

숫제 점프라기보단 발사에 가까운 속도였다.

단숨에 거리를 좁히며 드래곤들 근처까지 날아오른 소녀, 라피셀이 사방으로 은검기를 흩뿌려 댔다.

-타스칼 검술, 12연격!

타스칼이랑은 아무 상관 없는 12개의 은빛 초승달이 연달아 사방의 드래곤들을 덮쳤다. 곳곳에서 용혈이 흩뿌려지며 드래곤들이 사냥당한 참새 떼처럼 떨어졌다.

"크오오오!"

"카아아악!"

대부분 아성체 드래곤이라 용마력으로 스스로를 회복할 만큼 강하지 못했다. 추락한 드래곤들이 제국군들에 의해 마저 난도질당했다.

"죽여!"

"숨통을 끊어 버려!"

다시 근처 건물 옥상에 착지한 뒤 라피셀은 주위를 둘러

보았다.

아직도 드래곤들의 숫자가 많았다. 드래곤들에게 죽어가는 사람들도 많았다.

저들을 마저 구해야 한다.

막 그녀가 땅을 박차려 할 때였다.

"……앗!"

저 멀리 제도 동쪽 상공에서 흑청의 섬광이 날아들고 있었다. 세 여신의 대신전을 박살 냈던 테스라낙의 빛이었다.

순간 라피셀은 갈등했다.

이걸 피해 버리면 등 뒤의 제국군들이 죽게 된다.

하지만 과연 그녀가 막을 수 있을까? 다른 일행도 도저히 감당 못 해 도주했던 죽음의 신의 일격인데?

생각하기도 전에 몸이 먼저 움직였다.

날아드는 빛의 기둥 앞에 몸을 던지며 일검을 뽑아 든다!

"이야아압!"

막 그녀의 눈앞이 빛으로 가득 뒤덮일 때였다.

등 뒤로 한 줄기 불길이 치솟았다. 익숙한 마력이었다.

'카르나크 님?!'

라피셀의 은빛 오러와 카르나크의 혼돈 마력이 흑청의 섬광과 허공에서 충돌했다. 충격파가 터지며 대기가 진동했다.

콰아아아아앙!

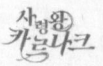

어찌나 충격파가 강한지 순간적으로 주위의 흙먼지가 사방으로 밀리며 중앙이 텅 비었다. 마치 하늘에 구멍이 뚫린 듯한 모습이었다.

잠시 후 빛이 사라지며 두 사람이 다시 모습을 드러냈다.

"휴우, 그럭저럭 막았네."

한숨을 쉰 뒤 카르나크가 라피셀을 돌아보았다.

"내가 왜 왔는지 알지?"

라피셀이 어깨를 웅크렸다.

직접 전언을 받은 것은 아니지만 세라티를 통해 후퇴하라는 명령 자체는 그녀도 전달받았다.

지금 상황에서는 카르나크의 판단이 옳다는 것도 머리로는 이해한다. 그저 가슴이 받아들이지 못할 뿐.

고소를 머금은 채 카르나크가 고개를 저었다.

"후퇴한다, 라피셀."

"하지만 사람들이……."

머뭇거리던 라피셀의 눈빛이 변했다.

검을 움켜쥐며 그녀가 제도 저편을 돌아보았다. 지금도 드래곤들과 피 터지게 싸우고 있는 제국군이 있는 곳이었다.

"먼저 가세요, 전 저들을 마저 구할게요."

확고하게 결심한 눈빛.

카르나크는 놀라지 않았다.

'그래, 이렇게 나올 줄 알았지.'

그럴 아이였고, 그럴 사람이었다.

미래이건 과거이건, 아이이건 어른이건 라피셀은 어쩔 수 없이 라피셀.

카르나크는 빙그레 웃었다.

그녀가 무슨 선택을 하건 지지한다는 듯한 온화한 미소였다.

"미안하다, 내가 나쁜 놈이다."

라피셀이 멍하니 눈을 깜빡였다.

"네?"

어째 표정과 말이 다르다.

"내가 나쁜 놈이니까, 나를 욕해라."

갑자기 그녀의 주위로 검은 손아귀가 솟구쳤다. 칠흑의 기운이 라피셀의 사지를 묶고 목을 졸랐다.

"카, 카르나크 님?"

기겁해 오러를 발동하려 했지만 몸이 말을 듣지 않았다. 어느새 그녀의 정신 일부에 검은 마력이 쐐기처럼 박혀 있었다.

'오러가 발동하는 걸 막을 수는 없지만, 오러를 발동하려는 의지를 막을 순 있지.'

괜히 카르나크가 라피셀과의 대화를 길게 한 것이 아니다. 앞에서 떠드는 척하며 등 뒤로 몰래 사령력을 퍼뜨리고 있었던 것이다.

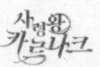

자신을 전적으로 믿고 있어 전혀 무방비일 때 은밀하게 스며들어 단숨에 제압.

사령왕이었던 그에겐 그리 어려운 일이 아니었다.

이내 라피셀이 고개를 떨궜다.

"아······."

검은 손아귀가 기절한 그녀를 차분히 안아 들었다. 카르나크가 쓴웃음을 지었다.

"난 왜 이렇게 남 뒤통수 때리는 것만 잘하는 걸까?"

그렇게 라피셀을 거둔 채 카르나크는 재차 바람 걸음의 주문을 발동했다. 어서 이 장소를 떠야 했다.

두 사람이 제도 외곽으로 빠르게 멀어지기 시작했다.

제도 북서쪽의 부서진 시가지.

검은 로브의 흑발 청년이 잿빛 머리 소녀를 짊어진 채 거리를 가로지르고 있었다.

마치 날아가듯 빠르게 도로를 미끄러지는 청년의 머리 위로 연신 불길이 쏟아진다.

콰쾅! 콰콰쾅!

제도 상공을 누비는 드래곤들이었다. 배리어를 펼쳐 용의 숨결을 흘려 내며 카르나크는 인상을 썼다.

'사람 하나 짊어지고 도망가려니 영 귀찮네, 이거.'

사람을 짊어지는 행위 자체가 귀찮은 건 아니었다.

전생 때 쌓아 온 경험이 얼만데? 쓰러진 사람을 들고 다닌 적은 카르나크도 상당히 많다.

사람 하나를 '건사하는' 것이 귀찮다.

예전에 누군가를 들고 나를 땐 고기 방패로 쓰려는 경우밖에 없었던 것이다.

'하지만 라피셀을 그렇게 할 순 없잖아.'

안 하던 짓을 하려니 역시 어색하다. 그 탓에 평소라면 따돌렸을 드래곤들도 용케 카르나크를 쫓아오며 계속 공세를 가한다.

콰콰콰쾅!

그럼에도 카르나크는 용케 도주를 이어 가고 있었다. 드래곤들의 공격이 그리 정교하지 않은 덕분이었다.

놈들은 브레스만 뿜어 댈 뿐 마법을 따로 구사하진 않았다. 용의 숨결 역시 방어막만으로 버틸 만했다. 대부분 아성체 드래곤들이기 때문이었다.

아무리 그래도 워낙 숫자가 숫자이니만큼 포위당하는 것은 피할 수 없다.

'질리게 많네, 정말.'

앞뒤의 드래곤들을 보며 또다시 카르나크가 혼돈 마력을 끌어 올릴 때였다.

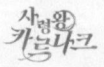

"에잇!"

 날카로운 기합과 함께 시퍼런 유성이 허공을 가로질렀다. 푸른 오러를 두른 붉은 머리의 미녀였다.

 단숨에 쇄도하더니, 이단 옆차기를 드래곤의 옆구리에 꽂아 버린다!

 퍼어엉!

 가죽 터진 북 같은 소리가 나며 저 거대한 드래곤이 허공에서 세 바퀴 돌았다. 그리고 시가지 한쪽에 처박혀 처절한 비명을 터트렸다.

 "꾸에에엑!"

 뒤이어 금발의 거한도 사슬검을 휘두르며 뛰어들었다.

 네 줄기 오러의 사슬이 우아하게 춤추며 주변의 드래곤들을 쓸어 간다. 은빛의 검광이 화려하게 교차하며 용들의 비명을 이끌어 낸다.

 "크억!"

 "크아아악!"

 섬세하게 생긴 미녀는 무식하게 후려갈기고, 우람한 덩치의 거한은 정교하고 세련된 검술로 드래곤들을 베어 가는 것이다.

 분위기와 검술이 완전히 따로 노는 두 사람.

 세라티와 바로스였다.

 "뭐야, 바로스? 네가 왜 여기 있어?"

의아해하는 카르나크를 향해 바로스가 어이없어하며 되물었다.

"왜라니, 도련님이 여기 계신데 제가 어딜 갑니까?"

생각해 보니 그럴 법했다.

지금의 바로스는 카르나크의 권속이 아니다. 단지 은밀한 전언 체계에 들어와 있을 뿐이다.

절대명령 걸어 봐야 전혀 먹히지 않는 것이다.

즉, 죽어 가는 제국군을 뒤로하고 신나게 도망간 건 강제로 복종해서가 아니라 자주적이고 자발적으로 사람들 목숨을 무시했다는 소리.

"너도 인간 되려면 멀었구나, 쯧쯧."

"이 양반이 기껏 도우러 왔더니 왜 욕을 하고 그러시나?"

세라티도 카르나크에게 다가오며 물었다.

"라피셀은 괜찮은가요?"

"내가 기절시킨 거야."

뜬금없는 대꾸였는데도 그녀는 바로 알아들었다.

"하긴, 얘가 순순히 따라올 리 없겠죠. 나중에 우리 원망하는 거 아니에요?"

카르나크와 바로스가 동시에 고개를 저었다.

"안 할걸."

"라피셀이니까요."

경우가 있고 도리에 밝으니 이런 쪽에선 오히려 안심이다.

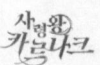

"그런데 세라티, 넌 어떻게 왔냐?"

뭐가 이상하냐는 듯 그녀가 대꾸했다.

"라피셀을 놔두고 갈 순 없잖아요?"

허겁지겁 도망치고 있는데 정신 차려 보니 어느새 곁에 있던 라피셀이 안 보였다. 뒤늦게 그녀가 딴 길로 샌 걸 알고 돌아온 것이었다.

카르나크의 안색이 살짝 굳었다.

바로스와 달리 그녀에게는 확실하게 절대명령을 박아 놓았다.

'그런데 명령을 거역했다고? 어떻게?'

어쨌든 지금은 이런 걸 따지고 있을 때가 아니다. 어서 제도 밖으로 도주하는 것이 최우선이다.

"라피셀은 제가 데리고 갈게요."

"어, 그래."

세라티에게 라피셀을 인계한 뒤 카르나크는 다시금 외곽으로 도주하기 시작했다.

재빨리 뒤를 따르며 바로스가 혀를 찼다.

"와, 도련님이 진짜 체력이 좋아지시긴 했네요. 예전에 이 정도면 진작 제가 업었어야 했을 텐데……."

"그러게, 역시 운동은 하고 볼 일인가 보다."

계속 드래곤들이 덤벼 오긴 했지만 아까만큼 까다롭진 않았다.

바로스와 세라티가 있으니 한결 운신이 편해졌다. 느긋하게 상황을 관조할 여유도 좀 생겼다.

카르나크는 제도 저편 상공을 힐끔거렸다.

정확히는, 이젠 거리가 너무 멀어져 제대로 보이지도 않는 테스라낙과 그의 수하들을.

'구경만 하고 있군.'

수백 마리의 드래곤이 이렇게 난리를 부리고 있는데 무슨 구경이냐 싶겠지만, 저들이 직접 움직였다면 상황이 이 정도로 끝났을 리 없다.

'뭔가 있긴 있구만, 이거.'

라피셀 덕분에 한 가지 확인한 부분이 있었다.

'대신전을 파괴할 때부터 좀 이상하다 싶긴 했지.'

세 여신의 대신전을 박살 낸 테스라낙의 마법은 분명히 엄청난 파괴력을 지니고 있었다. 하지만 어디까지나 넓은 범위를 광활하게 부수는 식이었다.

카르나크 일행을 해치우고 싶었다면 그런 식으로 마법을 날리진 않았을 것이다. 좀 더 핀포인트로 파괴력을 집중시켰겠지.

마치 일행을 제도에서 쫓아 보내려는 듯한 공격이었다.

방금도 그렇다.

라피셀에게 날린 광구 역시 파괴력은 높았지만 힘이 집중되진 않았다. 그러니 카르나크의 혼돈 마법만으로도 어

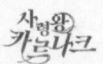

렵지 않게 막아 냈다.

뭐랄까, 이쯤 되면 카르나크나 다른 일행이 죽을까 봐 신경 쓰는 것처럼도 보인다.

'그때도 그랬고.'

미래 레번과의 전투는 분명히 카르나크의 패배였다. 마지막에 미래 레번이 이상하게 굳어 버린 덕분에 승리했을 뿐이다.

그래서 카르나크는 뎀피스가 바로스를 지목했음에도, 자신이 테스라낙일 수 있다는 가능성을 버리지 않았다.

테스라낙의 과거가 현재의 카르나크라면 그의 안위를 유독 신경 쓰는 것도 충분히 자연스러우니까.

하지만 테스라낙의 정체는 용황제 그라테리아였다. 카르나크와는 아무 상관이 없었다.

'왜 날 신경 쓰는 거지? 날 살려 둬서 대체 무슨 좋을 일이 있다고?'

빛의 발판을 딛고 서 있는 테스라낙과 그의 수하들.

멀어지는 카르나크 일행을 노려보며 디오그레스 콜론이 물었다.

"어이하여 저들마저 그냥 보내시나이까?"

카르나크의 수하들 역시 상당히 귀찮은 방해물이었다. 카르나크야 내버려 둔다손 쳐도 저들까지 살려 둘 이유는 없었다.

"확인할 필요가 있었다."

테스라낙이 느긋하게 뇌까렸다.

"지금의 그를."

이해 못 한 기엔 렌과 디오그레스가 안색을 굳혔다.

하나 테스라낙은 설명하지 않았다.

"흥미롭구나, 그는 타인을 신경 쓰는 자가 아니었는데."

부하들을 이해시키려 함이 아니라, 그저 스스로의 생각을 정립하기 위한 혼잣말.

"항상 자신의 안위를 위해 타인을 희생시키는 자였지."

하나 제덱스와 레번 스트라우스, 엘레자르와 드렐타인의 영혼을 거두며 지금의 카르나크가 상당히 예상 밖의 행동을 보인다는 것도 알았다.

그래서 일부러 대신전을 광범위하게 파괴하며 반응을 살폈다. 그의 수하들을 살려 둔 뒤, 카르나크가 저들을 어떤 식으로 다루는지 파악하고 싶었다.

과연 카르나크는 변했다.

부하들을 테스라낙에게 던져 그들의 희생을 통해 적의 정보를 파악하려 하지 않고, 모두를 구하기 위해 도주시켰다.

그뿐인가? 한 소녀를 구하기 위해 무려 도주를 멈추기까

지 했다.

놀라운 일이다.

"어찌 저자가 남을 아낀단 말인가?"

문득 테스라낙의 안색에 수심이 깃들었다.

"어쩌면……."

하나 이내 고개를 저었다.

"아니, 있을 수 없는 일이다."

불구덩이가 된 제도, 테아 크라한을 내려다보며 허허롭게 중얼거린다.

"그의 본질은 변할 수 없으니, 내가 할 일도 변하지 않으리라."

그런 테스라낙을 보며 기엔 렌은 순간 의문을 느꼈다.

카르나크의 죽음이 허락되지 않았다면, 왜 그를 사로잡아 봉인하거나 하지는 않는 것일까? 테스라낙에게는 충분히 그럴 수 있는 권능이 있지 않은가?

하지만 이 또한 자연스레 사라졌다.

영혼까지 속박된 완전한 노예에겐 생각의 자유조차도 사치일 뿐이다.

'주인의 뜻을 하찮은 종이 어찌 알겠는가? 그저 따를 뿐이로다…….'

고개 숙인 기엔 렌의 발아래로 검푸른 재와 먼지가 피어올랐다. 용들에 의해 완전히 불살라진 여섯 개의 시체탑이

내뿜는 탄화의 안개였다.

이미 제국군은 궤멸한 지 오래, 간신히 제도 밖으로 후퇴한 이들은 살아남았지만 더 이상 군대라 할 순 없다.

남은 것은 잿더미가 된 제도와 그 속에 갇힌 시민들, 그리고 미처 도주하지 못한 제국의 병사들뿐.

모두를 내려다보며 테스라낙이 오른손을 뻗었다. 힘을 실은 언어가 나직이 울렸다.

"오라, 나의 권역, 재와 어둠의 둥지여."

검은 재가 사방으로 퍼져 나갔다.

하늘은 그림자가 뒤덮고 땅은 갈라져 용암처럼 빛난다.

어둠이 제도의 구석구석까지 스며들었다. 그늘진 건물과 골목 사이로 저주의 불길이 번져 갔다.

가장 깊은 곳에 숨어 있던 이들마저 그 저주를 피할 순 없었다.

아아아아아아-!

도시 전체가 통곡하며 흔들렸다. 죽은 자들이 일어섰다. 산 자들이 거리로 나왔다.

죽은 자들이 목적 없이 거리를 서성대며 신음을 흘린다.

"으어어어……."

산 자들은 공허한 눈빛으로 정처 없이 발걸음을 옮길 뿐.

"……."

정신을 제압당한 그들은 언데드나 다름없어 보였다. 실

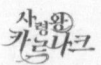

제로 아직 살아 있는 제도 시민들에게서 희미한 사기와 탁기가 흘러나오고 있었다.

테스라낙은 삶과 죽음을 모두 지배하는 자.

그러니 생과 사가 혼재됨이 옳다.

그렇게 제국의 수도 테아 크라한, 대륙 최대의 인구를 지녔던 이 도시는 광활한 무덤이 되었다.

끔찍한 숫자의 시체 무리가 거리를 떠돌고, 끔찍한 숫자의 넋 나간 묘지기가 그 뒤를 따라 거닌다.

그 무수한 인파 속에는 미처 제도를 탈출 못 한 체펠린과 데스테란의 모습 또한 보였다.

두 사람 역시 총기 없는 멍한 눈빛으로 발을 옮기며 신음하고 있었다.

"으어……."

"으어어……."

도시를 내려다보던 테스라낙이 손을 까닥였다.

"내려가자꾸나."

빛의 발판이 지상으로 향했다. 테스라낙과 에밀 스트라우스, 기엔 렌과 디오그레스 콜론이 재로 뒤덮인 시가지에 섰다.

테스라낙이 왼손을 들어 허공을 가볍게 쓸었다.

"떠올라라, 움직여라, 정해진 자리로 향해라."

도시 곳곳에서 너덜거리는 시체 조각들이 떠올랐다. 조각들이 허공에서 결합해 누덕누덕 기워지며 도로 인간의 형태를 갖췄다.

숫자는 총 네 구, 사내 셋에 여인 하나였다.

테스라낙이 손을 까닥였다.

"오너라, 나의 종들아."

손끝에서 희미한 빛무리가 새어 나와 네 구의 시체로 스며든다.

"일어나 새로운 명을 받아 그 생을 이 땅에 펼쳐라."

시체들의 형태가 변화하기 시작했다.

전신을 기운 상처들이 사라지고 피부에 윤기가 돈다. 얼굴 역시 익숙한 이들의 것을 바뀐다.

"하아……."

여인, 대마법사 엘레자르 데 리플라시온이 붉은 입술 사이로 숨을 토했다.

사내들도 하나둘 눈을 떴다.

공허에서 불려 온 레번 스트라우스와 드렐타인 텔릭스, 그리고 미래에서 회귀한 마지막 무왕 말리칸 툰까지.

테스라낙은 빙그레 웃었다.

이로써 3인의 대마법사와 3인의 무왕이 모두 이 시대로

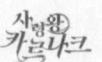

돌아왔다.

"기옌, 의복을."

"예."

테스라낙의 명에 따라 기옌 렌이 마법을 발동했다. 허공에 갑옷과 로브가 생성되어 돌아온 이들에게 향했다.

갈아입는 수고를 들일 필요도 없다. 공간 좌표가 겹쳐 저절로 의복을 착용한 상태로 바뀐다.

무왕과 대마법사에 걸맞은 모습을 한 이들이 일제히 무릎을 꿇었다.

"죽음의 신이시여, 강림을 감축드리옵니다!"

테스라낙은 고개를 저었다.

"아직은 사령왕일 뿐이다."

그리고 아쉬워하는 듯한 눈으로 제도 북서쪽을 바라보았다.

카르나크 일행이 도주한 방향이었다.

"나는 아직 세상을 구하지 못했다."

용황제

 밤이 깊은 울창한 숲속을 한 무리의 남녀가 정신없이 달리고 있었다.
 테아 크라한에서 도망쳐 나온 카르나크와 바로스, 세라티와 라피셀이었다.
 얼마나 달렸을까?
 카르나크가 일행을 불렀다.
 "어휴, 좀 쉬었다 가자."
 주위를 살핀 뒤 바로스도 고개를 끄덕였다.
 "그러시죠, 도련님."
 이미 제도가 보이지 않을 정도로 멀리 도망친 후였다. 딱히 추격이 있거나 하진 않는 듯하니 숨 좀 돌리는 정도로 문제가 생기진 않을 것이다.
 세라티도 라피셀을 짊어진 채 카르나크에게로 다가왔다.

그리고 여전히 기절한 상태인 라피셀을 돌아보며 물었다.

"혹시 뭔가 잘못된 거 아니에요?"

무슨 연약한 소녀도 아니고, 라피셀 같은 강자가 너무 오랫동안 정신을 못 차리고 있는 것이다.

평범한 인간이라도 이렇게 장시간 들려 다녔으면 진작 깨어났을 것이다.

"대체 무슨 짓을 했기에 라피셀 정도 되는 애가 이렇게 못 일어나는 거예요?"

걱정하는 세라티에게 카르나크가 고개를 저었다.

"반대야, 라피셀 정도 되니까 이런 거지."

오히려 평범한 여자애였다면 쉽게 기절시켰다가 쉽게 깨울 수 있었다.

하지만 라피셀은 자그마치 실버 나이트에, 심지어 영혼의 실체는 미래의 무왕이기까지 하다. 그만큼 술법도 강하게 걸어야 하는 것이다.

덕분에 한나절이 지나도록 세라티가 들고 다니는 꼴이 되었다.

"라피셀에게 문제만 없다면 괜찮아요. 어차피 별로 무겁지도 않고."

태연한 얼굴로 세라티는 잿빛머리 소녀를 어깨에서 내려놓았다.

이렇게만 표현하면 그냥 평범하게 안고 있던 어린애 내

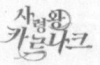

려놓는 것처럼 들리겠지만 실상은 좀 달랐다.

아무 생각 없이 손가락 두 개로(!) 라피셀의 허리띠를 쥐더니, 그대로 살짝 들었다가 내려놓는다.

사람 하나를 무슨 손가방처럼 다루고 있는 것이다. 심지어 오로도 쓰지 않고.

힘 좋은 바로스도 차마 못 할 짓이었다. 카르나크가 혀를 내둘렀다.

"바로스 너, 슬슬 세라티랑 팔씨름하면 지는 거 아니냐?"
"그게 무슨 망언이십니까?"
"미안, 그 정도는 아닌가."
"양손으로 해도 못 이깁니다."
"괴물이네."

수군대는 둘을 향해 눈을 흘기는 세라티였다.
"……지금 뭔 소리들을 하고 계신 거예요?"

하여튼, 그렇게 세 사람은 나무에 기대 잠시 숨을 돌렸다. 체력이 좀 돌아오는 것 같아 카르나크가 물었다.

"얼마나 남았냐, 우리?"

바로스가 근처 지형을 머릿속으로 떠올렸다.
"음, 그러니까 지덴트 마을까지……."

지도와 매치시킨 뒤 대략적인 답을 내놓는다.
"앞으로 사흘 정도 걸리겠네요."

지덴트 마을은 제도에서 서쪽으로 사흘쯤 떨어진 곳에

위치한 작은 시골 촌락이었다. 만일의 경우 흩어진 일행이 집결하도록 약속된 장소이기도 했다.

최대한 주도면밀하게 작전을 짜긴 했지만, 카르나크는 세상일이란 게 항상 마음대로 돌아가지만은 않는다는 사실을 잘 알고 있었다.

그래서 미리 정해 둔 것이다.

제국군이 무사하면 그들과 함께 후퇴하고, 만약 제국군이 궤멸할 정도의 피해를 입으면 따로 도주해 지덴트 마을에서 합류하기로.

황혼교 지부가 오래전부터 장악한 덕에 안전한 은신처를 제공받을 수 있는 곳이었다. 아마 지금쯤 다른 일행도 그곳으로 이동하고 있으리라.

밤하늘을 올려다보며 세라티가 힘없이 중얼거렸다.

"무사했으면 좋겠는데……."

바로스가 의아해하며 물었다.

"뭘 걱정하는 겁니까? 설마 그들에게 무슨 일이 생길 리도 없을 테고."

도주에 실패했다면 모를까, 다들 테스라낙의 손아귀를 벗어난 건 확인이 되었다.

그렇다면 지금쯤 제도를 벗어났을 텐데, 그들에게 해를 끼칠 수 있는 사람이 과연 세상에 몇이나 있을까?

"저도 그건 알죠."

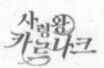

세라티가 걱정하는 건 다른 동료들이 아니었다.

"플로케를 두고 왔잖아요."

정신없이 도망쳐 나오는 바람에 플로케까지 챙길 틈이 없었다. 그렇다고 이제 와서 저 지옥으로 되돌아갈 수도 없는 노릇이다.

"역시 데리고 다니지 말았어야 했는데……."

세라티는 우울한 듯 한숨을 쉬었다.

무수한 사람들이 죽어 갔는데 한낱 짐승까지 신경 쓰는 게 옳은 건지 모르겠지만, 그래도 걱정이 안 될 순 없다.

물론 카르나크와 바로스는 눈도 깜빡하지 않았지만.

사람 목숨도 우습게 여기는 인간들이 짐승 목숨인들 귀하게 여길 리 없잖아?

"아, 맞다."

"그거 있었죠, 참."

"너무들 하시네요, 그거라니……."

카르나크가 어깨를 으쓱였다.

"뭔가 착각하는 모양인데, 세라티. 그거 드래곤이야, 고양이 아니라고."

"저도 알죠, 원래는 거대한 드래곤이었다는 거. 하지만 지금은 새끼잖아요?"

"그런 소리가 아니라, 드래곤이라고."

굳이 드래곤임을 강조한 이유가 있었다.

"너도 이제 알잖아, 테스라낙이 용황제였다는 걸."

"용황제인지 어떤지는 모르겠고, 엄청나게 거대한 드래곤은 하나 봤죠."

"응, 그거."

테스라낙이 용황제라는 게 확실해졌고, 수백 마리의 드래곤들이 그의 노예가 되어 제도를 불태우는 것도 보았다.

"같은 드래곤인데 굳이 플로케를 해칠 이유는 없을걸. 다른 드래곤들처럼 테스라낙의 졸개가 되었다면 모를까."

피식거리며 카르나크가 어깨를 으쓱였다.

"어쩌면 다음에 만날 땐 우리에게 불을 뿜고 있을지도 모르겠네. 아니, 화이트 드래곤이니까 냉기 브레스겠군."

세라티는 묘한 눈으로 카르나크를 바라보았다.

이제는 그녀도 아는 것이다. 이 정도면 카르나크 딴에는 위로한답시고 하는 소리다.

"뭘 뿜어도 좋으니 살아만 있었으면 좋겠네요."

그래도 플로케가 무사할지 모른다는 소릴 들으니 조금은 위안이 된다.

세라티 역시 마주 웃었다.

"그 조그만 게 뿜어 봐야 얼마나 뿜겠어요?"

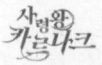

사흘 뒤, 바로스의 예상대로 카르나크 일행은 작은 시골 마을 지덴트에 도착했다.

마을 어귀로 들어서니 네 구의 걸어 다니는 해골이 이들을 맞이했다. 황혼교의 아크 리치들이었다.

"오셨습니까, 카르나크 님."

정중히 허리를 숙이는 그들을 보며 세라티가 혀를 내둘렀다.

"와, 일찍도 도착하셨네요?"

다른 일행과 달리 아크 리치들은 정말 아무도 구하지 않고 일직선으로 도주에만 전념했다. 아무래도 가장 먼저 도착할 수밖에 없는 것이다.

당연한 것 아니냐며 카르나크가 중얼거렸다.

"양심을 버리면 그만큼 몸이 편한 법이거든."

"대신 마음이 불편하잖아요."

"쟤들 생긴 걸 봐라, 마음이 불편할 몰골이냐?"

저런 소릴 듣고도 아크 리치들은 눈 하나 깜빡하지 않았다. 하긴, 깜빡할 눈동자도 없긴 하지만.

4인의 아크 리치가 전원 평범한 인간의 형상으로 변했다.

"은신처를 준비해 놓았습니다."

"가시지요."

저들의 안내를 받으며 카르나크 일행은 지덴트 마을로 들어섰다.

황혼교가 마련해 놓은 은신처는 마을 중앙의 한 2층 목조 가옥이었다. 허름하지도 화려하지도 않은 평범한 가옥, 주변 집들과도 똑같이 생겨 숨어 살기에도 적당해 보였다.

안으로 들어선 뒤 세라티는 우선 침대부터 찾았다.

짊어지고 있던 라피셀을 뉘여야 하는 것이다.

"라피셀은 대체 언제 깨어나는 거예요? 이러다 몸 축나겠네."

벌써 며칠째 기절 중인데, 솔직히 걱정이 된다.

카르나크가 안심하라며 손을 내저었다.

"슬슬 술법 효력 끝날 때 됐어. 내일이면 일어날 거다."

그리고 아크 리치들을 돌아보며 재촉했다.

"밥 줘, 밥."

바로스도 재빨리 합세.

"고기도요."

세라티도 얼굴을 붉히며 은근슬쩍 한마디 거든다.

"술도 있으면 좀."

아무것도 챙기지 못한 채 몸만 도망친 이들이었다. 당연히 챙겨 둔 식량 같은 것도 없었다. 제도 일대는 진작 쑥대밭이 된 후라 도중에 보충하지도 못했다.

근 사흘을 쫄쫄 굶었으니 눈이 뒤집힐 만도 한 것이다.

흑발의 미녀 모습을 한 말로카가 주방을 가리켰다.
"그러실 줄 알고 이미 준비해 놓았습니다."
"역시 이런 건 말로카가 잘 챙긴다니까!"
감동하며 카르나크 일행은 곧바로 주방으로 달려갔다.
가보니 정말로 식사와 고기에 술까지 완비되어 있었다.
엄청나게 호사스러운 음식은 아니고 녹은 치즈를 바른 보리빵에 구운 소시지와 물을 탄 와인 정도였다. 이 근처에선 흔히 먹는 것들이다.
물론 사흘 굶은 이들에겐 진수성찬이었지만.
"웁, 웁웁!"
"목 좀 축이면서 드세요, 그러다 배탈 나겠네."
"밥 먹을 때만큼은 잔소리 좀 그만하면 안 되니, 세라티?"
"밥 먹을 때만큼은 잔소리 들을 짓 좀 그만하시면 안 될까요, 카르나크 님?"
"어, 그렇게 나오면 또 할 말 없긴 하네."
일행은 정신없이 먹고 마셨다.
어느 정도 배가 차자 세라티가 나른한 표정을 지었다.
"아, 잘 먹었다······."
테스라낙이 강림하고, 제국의 운명이 풍전등화에 처하고, 세상이 멸망으로 치달리고, 앞으로 어찌 될지 근심 걱정도 이만저만이 아니지만······.
"그래도 당장 배부르니 기분은 좋네요."

바로스와 카르나크도 행복한 표정이었다.

"인간이란 참 단순한 생물이란 말이죠?"

"인생 뭐 별것 있냐, 다 먹고 살자고 하는 짓인데."

어쨌든 당장은 이들도 뭔가 할 수 있는 일이 없다. 이대로 마을에 숨어 지내며 다른 일행이 합류하길 기다리는 수밖에는.

물론 마냥 시간을 허비할 생각도 없었다.

카르나크가 따로 지시를 내렸다.

"뎀피스."

"예."

"황혼교 움직여서 제도 쪽 상황 좀 알아봐."

상황을 알아야 앞으로 어떻게 움직일지 파악이라도 할 수 있는 법이다.

"알겠습니다."

제도 쪽 상황이란 말에 문득 세라티는 한 사람을 떠올렸다.

카르나크의 권속도 아니고 도주하라는 전언을 받지도 못한, 지금 어찌 되었는지 전혀 아는 게 없는 이를.

'데스테란 경은 무사할까 모르겠네.'

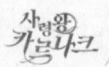

재와 용암으로 뒤덮인 라케아니아 제국의 황제궁.

금발의 사내가 회색빛 옥좌에 앉아 오른손을 까닥이고 있었다. 제도의 새로운 주인이 된 테스라낙이었다.

손가락 사이로 검은 기류가 잠시 맴돌다 사라진다.

테스라낙이 중얼거렸다.

"지금은 이 정도인가?"

권역을 펼친 덕에 흩어진 종말의 어둠 일부를 다시 거둘 수 있었다. 어둠의 세계수를 심을 토양의 기틀도 어느 정도 다졌다.

하지만 여전히 터무니없이 모자라다. 다시 한번 대륙 전역에 흩어진 죽음의 권능을 모을 필요가 있다.

아쉬운 일이었다.

계획대로 진행되었다면 강림과 동시에 모든 것이 끝났을 텐데.

"덕분에 발이 묶였군."

권역의 주체인 테스라낙이 제도를 벗어나 버리면 기껏 다진 어둠의 기틀도 도로 흩어질 터.

물론 마음만 먹으면 대륙 어디서든 다시금 권역을 펼칠 수 있었다. 하지만 이는 비효율적이었다.

대륙의 절반 이상을 지배한 제국이, 가장 다스리기 좋은 장소에 세운 도시가 바로 테아 크라한이다.

 그야말로 세상의 중심이라 해도 좋은 위치이니 당연히 세상의 어둠을 모으기에도 여기만큼 적절한 곳이 없다.

 옅은 미소를 띤 채 테스라낙은 홀을 내려다보았다.

 "장대한 이삭줍기가 되겠구나."

 3인의 대마법사와 3인의 무왕이 좌우로 도열하고 있었다. 테스라낙의 명이라면 무조건 복종하는 영혼의 종복들이었다.

 "가거라, 나의 종들아. 가서 내 뜻을 이루어라."

 그들은 곧바로 움직이지 않았다.

 한 가지 확인해야 할 것이 있었다. 엘레자르가 조심스레 물었다.

 "감히 여쭈옵니다. 그자와 조우하면 어찌하오리까?"

 카르나크 제스트라드.

 그는 분명 이제까지처럼 검은 신의 행사를 방해하러 나타날 것이다. 하지만 그의 죽음이 허락되지 않았으니, 함부로 해할 수도 없다.

 테스라낙의 답변은 간단했다.

 "피하거라."

 "피하지 못하면 어찌 하오리까?"

 "죽어서 내게 오거라."

 죽음은 두려운 것이 아니오, 오직 실패만이 두려울 뿐.

답을 얻은 이들이 일제히 머리를 조아렸다.
"뜻하신 바대로 행하겠나이다, 죽음의 주인이시여."

제도로 진군한 제국군이 비참한 패배를 맞이한 지 보름째.
제국 전역으로 흉흉한 소문이 퍼지고 있었다.
잿더미가 된 테아 크라한과 좀비처럼 변한 백성들, 드넓은 상공을 뒤덮어 버린 거대한 드래곤의 존재까지.
퍼지고 있는 것은 비단 흉흉한 소문만이 아니었다.
무수한 마물들이 대륙 곳곳에서 창궐하기 시작했다.
제도를 떠난 검은 신의 군대가 제국 곳곳을 유린하기 시작했다.
지옥의 악마가 나타나고 수많은 드래곤들이 하늘을 날며 세상을 불태우기 시작했다.
애타게 승전보만을 기다리던 제국 황제 고드프리드 2세에겐 실로 악몽 같은 상황이었다.
"카르나크 공은? 그는 어찌 되었나? 대체 세상이 어찌 되어 가는 거지?"

카르나크가 장담한 대로, 라피셀은 다음 날 무사히 깨어났다.

확실히 그의 수법이 고명하긴 했는지 부작용 따윈 없었다. 일어나자마자 죽 한 그릇을 말끔히 비우고 바로 기력을 되찾았다.

이후 카르나크 일행은 한동안 지덴트 마을에서 지냈다. 다른 동료들을 기다려야 하니 어차피 마을을 떠날 수도 없었다.

다들 휴식을 취하거나 검술이나 마법을 점검하며 시간을 보냈다. 숨어 살아야 하는 처지이긴 했지만 마을 전체가 한통속이나 다름없는지라 운신 자체는 자유로웠다.

라피셀 역시 종종 근처 숲으로 향해 검술을 점검하곤 했다.

촉촉한 이슬이 맺힌 잎사귀 아래, 잿빛머리 소녀가 검을 뽑아 든다. 가벼운 호흡과 함께 은빛 오러가 칼날을 부드럽게 감싼다.

"후우……."

라피셀은 가볍게 연무를 시작했다.

우아한 검술이 그녀의 작은 몸을 통해 펼쳐졌다.

베고, 찌르고, 휘감고, 거두고, 쳐 내며 흘린다. 모든 움

직임에 은빛 오러가 자연스레 따른다. 이제 갓 실버 나이트의 경지에 오른 이라고는 믿어지지 않을 정도로 익숙한 흐름이다.

너무도 자연스러워, 오히려 부자연스러운 광경이었다.

이제 갓 10대 중반에 불과한 나이에 이룰 수 있는 경지가 아니지 않은가?

"하아……."

한숨을 내쉰 뒤 라피셀이 자세를 고쳐 잡았다. 순간 12번의 섬광이 그녀 주위를 번뜩였다.

-타스칼 검술 12연격!

환상처럼 피어오른 검광은 이내 사라졌다. 검에 맺힌 은 검기를 노려보며 라피셀은 인상을 썼다.

이젠 그녀도 알고 있었다.

이는 타스칼 검술이 아니며, 그렇다고 라피셀 자신이 창안한 것도 아니다.

꿈속에서 보았다.

또 다른 자신이 이 검을 펼치는 것을.

-크로테리안 검술, 만발하는 장미.

이상한 꿈이었다. 왜 무왕 벨티아의 검술을 자신이 펼치고 있는 걸까?
그 이상한 꿈이 요즘 들어 점점 선명해진다.
꿈속의 자신은 지금보다 훨씬 나이를 먹은 모습을 하고 있었다.
그리고, 지금보다 훨씬 나이가 든 카르나크에게 증오를 쏟고 있었다.

-불변의 악!

무수히 싸우고 또 싸웠다.

-저주받을 사령왕이여!

패하고, 도망치고, 또다시 일어나 덤벼들었다.

-인간은 결코 굴복하지 않는다!

마지막 순간, 어둠의 손아귀가 그녀의 육체와 영혼을 모조리 옭아매면 꿈에서 깨어난다.
결코 그 너머를 들여다보아서는 안 된다는 듯이.
'이게 대체 뭘까?'

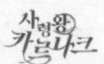

머릿속이 혼란스럽다.

'대체 왜 이런 꿈을 꾸는 거지?'

상념을 떨쳐 내려는 듯 라피셀은 재차 검을 떨쳤다.

"하압!"

강렬한 투기검이 다시 한번 신록의 숲 위를 덮어 갔다. 은빛의 파문이 일순 터지며 이슬에 젖은 이파리들이 우수수 떨어졌다.

그 너머로 익숙한 목소리가 들렸다.

"누군가 했더니 라피셀이었어?"

이내 잘생긴 금발 청년이 모습을 드러냈다.

"느낌이 묘해서 마을 잘못 찾은 줄 알았네."

그를 돌아보며 라피셀이 부드러운 미소를 지었다.

"오셨군요, 레번 경."

청년, 레번 스트라우스는 제자리에서 굳었다.

"……라피셀?"

예전에 한 번 봤던 표정, 겪었던 분위기였다.

타락교황 제텍스를 상대할 때 튀어나왔던 시프라스의 무왕이 아닌가?

'으아, 어쩐지 느낌이 다르더라!'

죄지은 것도 없는데 왜 이리 호들갑이냐고? 카르나크의 권속이라는 것부터가 시프라스의 무왕에겐 용납 못 할 대죄다!

결국 카르나크가 뭔가 사고를 쳤나 보다 싶어 레번이 허리의 검으로 손을 가져갈 때였다.
 잿빛머리 소녀가 방긋 웃으며 그에게 뛰어왔다.
 "무사해서 다행이에요, 레번 오빠."
 그새 표정이 바뀌었다. 도로 소녀 라피셀이었다.
 식은땀을 흘리며 레번도 검에서 손을 뗐다.
 "어휴, 무섭게 그러지 좀 마."
 "……뭘 그러지 말라는 거예요?"

 레번이 제일 마지막이었다. 이미 지덴트 마을엔 디오스와 드렐, 밀리아도 합류한 후였다.
 고작 사흘밖에 안 되는 거리인데 저들이 이리도 늦게 온 데는 이유가 있었다.
 검은 신의 군대 때문에 제도 근처는 안 그래도 쑥대밭이었다. 여기에 테스라낙의 강림으로 현세의 지옥이 되기까지 했다.
 사방에 구해야 할 사람들투성이였다는 소리다.
 그런데 일단 안전하게 도주한 시점에서 카르나크의 절대명령은 효력을 다한다.
 맨 정신으로 돌아온 저들이, 구해야 할 인간들을 무시하

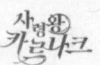

고 그냥 지나칠 리가 없지 않은가?

 미리 정한 대로 지덴트 마을로 향하긴 했는데 도중에 딴 길로 자꾸 새게 된다.

 지나가다 마물이 출몰하면 잡아 주고, 드래곤이라도 날아오면 또 구해 주고, 검은 신의 군대가 나타나면 또 무찔러 주고.

 특히 밀리아는 도주 내내 천사 형태를 유지하고 있었다. 카르나크와 재회하기 전엔 인간 모습으로 돌아갈 수 없으니까.

 실상이야 어찌 되었건 겉모습은 천사다 보니, 지나치는 사람마다 살려 달라고 미친 듯이 매달리는 것이다.

 덕분에 이리 새고 저리 새고 하다 보니 고작 사흘이면 족할 거리를 거의 보름 걸려서 도착하게 되었다고 한다.

 "즉, 저만 늦은 건 아니란 소리죠?"

 "드렐이 사흘 전, 디오스와 밀리아가 어제에 도착했지. 꼴찌로 온 걸 보니 레번이 제일 호구였던 모양인데."

 가장 늦게 도착했다는 소리는, 사람들 구하느라 가장 발이 오래 묶여 있었다는 의미도 된다.

 카르나크의 표현에 레번이 쓴웃음을 지었다.

 "호구인 겁니까?"

 "호구가 별거냐? 상관도 없는 사람을 위해 손해만 보면서 움직이면 그게 호구지."

비아냥대는 카르나크를 향해 세라티가 고개를 끄덕였다.
"그럼요, 역시 사람이라면 카르나크 님처럼 철저하게 이해득실을 따져서 살아야죠. 그래야 죽음도 지배하고 뼈다귀도 되어 보고 밥맛도 못 느끼고 그러겠죠?"
"……."
찍소리 못하고 카르나크가 입을 다물었다. 평소라면 곧 죽어도 받아쳤을 텐데, 아무래도 뭔가 느끼는 바가 있는 것 같았다.
하여튼 모두 모였으니 이제 앞으로의 일을 고민할 차례였다. 카르나크 일행은 은신처에 모여 앉았다.
"이제 어쩌지?"
"일단 황제 폐하께 돌아가는 것은 어떻습니까?"
디오스의 의견이었다.
비록 귀여워졌지만(?) 여전히 그는 제국의 충신이었다. 상황이 이렇게 되었으니 황제의 안위가 걱정되지 않을 수 없었다.
카르나크는 영 탐탁지 않다는 반응이었다.
"가 봐야 좋은 소리 들을 것 같진 않은데?"
테스라낙의 강림을 막기 위해 제국을 위험에 빠뜨리면서까지 온 세상에 종말의 어둠을 흩어놓았다.
그런데 어둠은 어둠대로 퍼지고 테스라낙도 강림해 버리지 않았나?

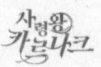

"죽음의 신으로 강림하는 건 막았으니 그나마 다행이지만, 황제가 그걸 이해해 줄지는 솔직히 자신이 없거든."

황제 입장에선 카르나크가 사기 치고 검은 신의 교단을 위해 움직인 것으로 오해할 수도 있는 것이다.

"가자마자 내 목부터 치라고 난리 치는 거 아냐?"

세라티가 입을 삐죽였다.

"얌전히 목 잘려 줄 생각도 없으시면서, 뭘."

저런 사태가 정말 일어난다면 카르나크보다는 황제의 목이 떨어질 가능성 쪽이 매우 높겠지.

하지만 황제 목이 떨어지는 것도 그리 바람직한 상황은 아니다. 어쨌거나 제국엔 구심점이 필요하다.

"설득하면 어떻게 안 되려나?"

"설! 득! 말이죠?"

"그럼 내가 정말로 설득을 할까."

"그건 일단 최후의 수단으로 미뤄 두기로 하죠."

드렐과 디아스가 의아해하는 눈빛으로 카르나크와 세라티를 바라보았다. 아직 카르나크의 '설득'에 대해 잘 모르는 이들이었다.

"……?"

이런 이유로, 당장 황제에게 돌아가자는 의견은 기각되었다.

가 봐야 딱히 도움 될 것도 없고 현 상황에서 괜히 분열만 일으킬 수도 있다.

"다른 의견들은 없어?"

다들 서로만 바라볼 뿐 말이 없었다. 딱히 대책이 떠오르지 않는 것은 이들도 마찬가지였다.

그러던 중이었다.

바로스가 어린아이 모습의 디오스를 보며 뭔가를 떠올렸다.

"도련님, 문득 생각난 건데요."

"뭔데?"

"과연 용황제가 순순히 당했을까요?"

"순순히 당해서 테스라낙 된 거 뻔히 봤으면서 그런 소릴 하냐?"

"아뇨, 그게 아니라……."

비로스가 대마법사의 영혼을 담은 작은 어린아이를 가리켰다.

"디오스 공의 사례도 있잖아요."

사령술사도 아니고, 아무 대비조차 못 했던 디오그레스 콜론도 용케 영혼을 빼내 탈출할 수 있었다.

"무려 용황제씩이나 되는데 얌전히 먹혔을 것 같진 않거든요?"

카르나크의 표정이 진지해졌다.

"그것도 그렇네?"

물론 디오그레스와 그라테리아는 처지가 전혀 다르다.

미래의 디오스레스 콜론은 오직 영혼만 이 시대로 회귀했다.

반면 테스라낙은 사령왕으로서 이 시대에 강림해 용황제의 육체를 강탈했지.

"이론상으론 아무리 그라테리아라도 손쓸 도리가 없긴 한데……."

그래도 확인해 볼 가치는 충분했다.

정말 용황제의 영혼이 대책 없이 먹힌 것이라면?

그렇다 해도 아무 일도 안 생길 뿐이다. 시도해서 손해 볼 건 없다.

"어차피 당장 할 일도 없고 말이지."

―◆―

평소엔 겨울을 대비해 식량들을 저장하곤 하던 은신처의 지하실.

그곳에서 카르나크가 제단을 꾸리고 있었다.

동물의 피로 문양을 그리고 온갖 어둠의 촉매를 이용해 강령술의 기틀을 잡는다. 그때마다 검은 기류가 흘러나와 제단으로 스며든다.

다른 일행은 뒤에서 그 모습을 지켜보는 중이었다.

평소와 다른 점은, 라피셀 역시 카르나크가 강령술을 준비하는 광경을 보고 있다는 것이었다.

레번이 전언으로 물었다.

[이젠 아주 대놓고 라피셀 앞에서 사령술을 쓰시네요? 정말 이래도 되는 겁니까?]

바로스와 세라티가 어이없다는 표정으로 대꾸했다.

[놀랍게도 말이죠.]

[저거 사령술이 아니에요.]

[네?]

실제로 라피셀은 혼란에 빠져 있었다.

'분명히 사령술은 아닌데…… 확실히 마나가 느껴지는데…… 하는 짓은 사령술이랑 하나도 다른 게 없는데…….'

카르나크가 드디어 완성한 네 번째 사법 시리즈.

혼돈 마력을 자원으로 삼아 곧바로 사령술을 써 버리는 '사법의 실행자'였다.

아무리 그래도 마법만으로 모든 사령술을 구사하는 것은 무리다. 진정 사악하고 강력한 수법까진 건드릴 수 없다.

하지만 강령술이나 초혼술 같은 간접적인 사령술은 구현에 성공한 것이다.

-이는 어디까지 마나를 이용해 사령술과 '똑같은' 효과를 내는 마법이다! 그러므로 떳떳하다!

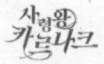

이것이 카르나크의 주장이었다.

물론 레번도 저게 사법 시리즈란 건 잘 알고 있었다. 그 역시 술법을 구성하는 마나를 느낄 수 있었으니까.

[그래 봤자 결과적으로는 사령술이잖아요?]

칼로 베는 대신 몽둥이로 패 죽였으니 살인이 아니라고 하는 것과 뭐가 다른가 싶다.

[이렇게까지 할 바엔 그냥 사령술 쓰시면 안 됩니까?]

카르나크가 의기양양하게 대꾸했다.

[이건 자주 써도 입맛이 떨어지질 않아!]

[아, 그건 중요한 게 맞네요.]

그러는 동안에도 검은 기운은 안정적으로 제단에 안착하고 있었다. 이윽고 제단 주위 피의 문양이 희미하게 빛을 발했다.

카르나크는 양손을 들었다.

"나, 죽음의 권위를 빌려 이 자리를 만드노니······."

손끝에서 혼돈 마력으로 이루어진 초혼의 권능이 공간을 꿰뚫고 뻗어 나갔다.

"오라, 위대한 용의 영혼이여!"

만약 용황제가 속수무책으로 당했다면?

미래와 현재의 영육이 합일되어 테스라낙으로서만 존재할 테니, 당연히 초혼술도 먹히지 않는다.

하지만 탈출했다면?

떠도는 망령이 된 용황제의 영혼이 카르나크의 부름에 응답하겠지.

다들 기대감 어린 눈으로 제단을 바라보았다.

아무 일도 일어나지 않았다.

공기가 차가워지거나 그림자가 짙어지거나 하는 일도 없다.

"……?"

"실패인가요?"

의아해하는 사람들 앞에서 카르나크가 회심의 미소를 지었다.

"이거, 시도한 보람이 있군."

아무 일도 없을 줄은 예상하고 있었다.

설령 현세의 용황제가 자신의 육체를 떠나 도망칠 수 있었다 한들 그 상황이 오래 갈 수는 없다.

디오스처럼 다른 육체를 찾아 깃들지 못하면 결국은 떠도는 망령이 되거나 피안으로 떠나갈 뿐이다. 황급히 어딘가에 빙의해야 한다.

'하지만 용황제는 드래곤이지.'

인간이나 요정족에게 빙의하는 것도 불가능하진 않지만

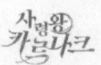

이 경우 영혼과 육체의 괴리가 너무 커 부작용이 심하다. 굳이 저렇게 리스크가 큰 선택을 했을 리 없다.

'분명히 살아 있는 다른 드래곤의 몸을 빼앗거나 혹은 드래곤 본을 이용해 언데드가 되거나 했을 터.'

아무 일도 일어나지 않는 것이 당연했다.

영혼 상태가 아닌데 어찌 초혼술에 반응하겠는가?

다만 이 경우엔 술법이 실패하는 방식이 달라졌다.

하나의 영혼이 두 장소에 존재하게 되니 거부 반응도 비정상적인 방식으로 돌아온다.

이 모순에서 오는 공간의 흔들림을 이용해 삼각 측량을 시도하면 상대의 위치 역시 대략적으로나마 파악할 수 있는 것이다.

이게 카르나크가 초혼술을 펼친 진짜 의도였다.

"미래 레번 때문에 만들던 술법이었는데, 이걸 이제야 써먹네."

당시엔 미처 술법을 완성하기도 전에 미래 레번을 먼저 해치워 버렸다. 그리고 그 이후엔 딱히 쓸 상황이 오질 않았다.

이 방법으로는 평범하게 빙의한 영혼의 위치까진 특정할 수 없다.

어디까지나 레번이나 디오스처럼 현재와 미래의 영혼이 모두 존재할 때만 사용할 수 있는 수법이다.

그런데 미래 디오그레스는 처음부터 행적이 빤히 드러나 있었던 것이다. 검은 신의 군대를 이끌고 있었으니까. 그러니 굳이 사용할 필요도 없었다.

'그럼 찾아볼까.'

카르나크는 양손을 모았다. 그리고 용황제의 영혼을 감지하기 위해 정신을 집중했다.

느껴진다.

세상을 뒤덮을 듯한 가공할 존재감이.

"일단 제도에 하나."

테스라낙의 영혼이 곧 그라테리아의 영혼이니 당연한 반응이었다.

"그리고 동쪽에 또 하나."

당장이라도 꺼질 듯 미약한, 하지만 틀림없이 존재하는 영혼의 불길이었다.

"그럼 그렇지!"

바로스가 쾌재를 터트렸다.

"디오스 공도 무사했는데 그 용황제가 쉽게 당할 리가 있나!"

카르나크도 기쁜 얼굴이었다.

"그건 그래, 디오스 따위도 무사했는데."

옆에서 듣고 있던 흑청색 머리칼의 소년이 묘한 표정을 지었다.

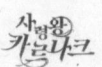

"어이? 이보쇼들?"

무시한 채 카르나크는 계속 집중력을 높였다.

상황을 볼 때 용황제의 빙의체는 드래곤 랜드에 있을 가능성이 높았다. 그곳이 드래곤이건 드래곤 본이건 많을 테니까.

그래서 최대한 멀리까지 감지하려고 시도 중이었는데 갑자기 뭔가가 턱 걸린다.

"엥?"

카르나크는 놀랐다. 예상보다 빙의체의 위치가 가까웠다.

얼마나 가까웠냐면, 이 마을에서 고작해야 이틀도 안 걸릴 정도였다.

"이 근처네? 왜 이 근처지?"

―◆―

위치를 파악하자마자 카르나크 일행은 곧바로 움직일 준비를 했다.

굳이 다음 날 아침까지 기다릴 필요도 없었다. 어차피 해 좀 저문 정도로는 운신에 아무 지장이 없는 강자들뿐이니까.

전직 사령왕에 전직 데스나이트 로드에 전직 대마법사, 추가로 무왕 후보생들이며 여신의 화신(?)까지 있는데 뭐하러 밤길을 조심한단 말인가?

황혼교 관리하느라 자리를 비운 4대 장로들을 제외한 일행 전원이 함께 마을을 떠났다.

굳이 다 함께 움직인 이유는 아무리 영혼 상태라지만 상대가 용황제였기 때문이었다.

용황제 그라테리아의 권능 중 하나로 통찰의 용안이라는 것이 있다. 상대를 보는 순간 그 본질을 파악하는 능력이다.

"그 양반이 내 본질을 보면 별로 좋은 소리 할 것 같진 않거든."

카르나크를 만나자마자 '세상에 저런 끔찍한 존재가 있을 수 있다니!'라고 외치면서 내칠 가능성도 다분하다.

실제로 저게 전생 때 용황제가 보인 반응이기도 했다.

"우리 같은 쓰레기와는 대화할 가치조차 없다면서 대뜸 브레스부터 뿜었지."

"우리라뇨?"

"바로스도 포함이거든."

"저런."

다만 세라티는 좀 미심쩍은 듯했다.

'지금의 카르나크 님이 그 정도는 아닌 것 같은데……'

하지만 굳이 말리진 않았다. 조심해서 나쁠 건 없으니까. 대신 다른 점을 짚었다.

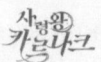

"어차피 지금의 용황제는 아무 힘도 없지 않나요? 테스라낙에게 육체를 빼앗겼는데."

"그래도 다른 드래곤에 빙의했다면, 그 드래곤의 능력 정도는 쓸 수 있을 테니까 말이지."

설마 카르나크가 패하거나 하진 않겠지만 몸 성히 제압하려면 역시 이쪽 전력이 압도적이어야 편하다.

그리고 무엇보다 가장 큰 이유는······

"어차피 다들 할 일이 있는 것도 아니잖아?"

"그건 그렇죠."

삼각 측량 초혼술을 통해 파악한 장소는 제도 테아 크라한과 지덴트 마을의 중간 정도 되는 위치였다. 덕분에 카르나크 일행의 이동 방향도 다시 제도 쪽으로 향했다.

제도 근처는 아예 무인지대가 된 것 같았다.

곳곳마다 폐허였다. 어딜 가도 전화의 흔적만이 가득했다.

불탄 마을을 지나치며 디오스와 드렐이 혀를 찼다.

"심하구만."

"그러게 말입니다."

이미 테스라낙은 강림했다. 그러니 검은 신의 교단도 더 이상 여신교 신관들을 살해할 필요가 없다.

그럼에도 검은 신의 군대는 여전히 대륙 곳곳으로 퍼져 나가고 있었다. 사방으로 흩어진 종말의 어둠을 다시 모으기 위해서였다.

"종말의 어둠을 모아야 할 필요성은 확실히 있다는 거지. 그게 뭔지를 몰라서 문제지만."

오후 늦게 출발한 탓에 해가 금방 저물었다. 하지만 카르낙 일행은 이동을 멈추지 않았다.

폐허가 된 마을을 지나 숲을 가로질러 깊은 산속까지 향한다.

인간의 길은 물론이고 짐승의 길조차 보이지 않는 심산유곡이었다. 눈앞의 절벽을 올려다보며 레번이 혀를 찼다.

"우리가 아니면 지나가기 힘들었겠는데요?"

그러더니 절벽을 딛고 뛰어올랐다.

깎아지른 듯한 20미터 높이의 절벽을 무슨 평지처럼 두 발로만 오른 것이다. 과연 실버 나이트다운 놀라운 경지였지만 놀란 사람은 아무도 없었다.

여기 있는 오러 유저 중 실버 나이트 아닌 사람이 없거든, 이제.

바로스도, 라피셀도, 드렐도 가볍게 절벽을 타고 오른다.

물론 유일하게 실버 나이트가 아닌, 아직도 청색급에 불과한 여검사가 한 명 있긴 한데 그쪽은 더욱 문제가 없었다.

"얍!"

짧은 기합과 함께 붉은 머리의 미녀가 절벽을 폴짝 뛰어넘었다.

말이 폴짝이지, 제자리 점프로 20미터를 뛰어올랐다는

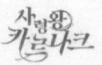

소리다.

말도 안 되는 신체 능력이었다. 레번이 고개를 절레절레 저었다.

"아무리 봐도 적응이 안 된단 말이지."

마지막으로 전직 사령왕과 전직 대마법사께서 부유 원반, 플로팅 디스크를 밟고 쉽게 올라온다.

밀리아는 그냥 디오스의 원판에 얹혀 타고 있었다. 천사로 변하면 쉽게 날아오를 수 있겠지만 그건 함부로 드러낼 모습이 아니었다.

이후로도 카르나크 일행은 손쉽게 산속을 헤치고 나아갔다.

숲도 절벽도 이들에겐 지나가다 걸리는 돌부리와 별 차이가 없었다.

오러를 터득하기 전, 유적 사냥꾼 노릇하던 시절을 떠올리며 레번이 혀를 내둘렀다.

"강해진 보람이 있긴 하군요."

예전에도 이 정도 험로는 큰 문제가 아니었지만 지금은 진짜 너무 쉽게 지나갈 수 있게 되었다.

"더 강해지면 더 편해지려나?"

세라티가 웃으며 대꾸했다.

"그쯤 되면 그냥 길을 뚫어 버리는 게 아닐까요?"

어디까지나 농담조로 한 말인데 디오스가 정색을 했다.

"실제로 길 뚫어 달라는 요청도 많이 들어온다네. 여명탑의 주요 수입원 중 하나지."

"그런가요?"

레번이 고개를 갸웃거렸다.

하긴, 대마법사의 파괴력을 써먹을 가장 건설적인 방법이긴 하다. 사람 죽이고 마을 불태우는 것보다야 이쪽이 훨씬 아름답고 평화적이지.

"그런데 전 마법사가 토목 공사한다는 소린 못 들어 본 것 같은데요."

"세상에 알려지면 아무래도 체면이 안 서거든."

마법은 어쩐지 신비롭고 초월적인 권능이어야 한다.

"그런데 마법의 극에 도달한 지혜로운 자가 굴삭기 대용품으로 쓰인다면 인식이 좋아지겠나, 어디?"

라피셀이 이해가 안 간다는 듯 물었다.

"산을 허물어 길을 뚫는 이적을 보고도 그걸 비웃는다고요?"

눈앞에서 거대한 산에 구멍이 뻥 뚫리는데 그걸 보고 굴삭기 대용품 취급을 할 수 있다면 정체를 의심해 봐야 하지 않을까? 적어도 인간은 아닐 것 같다.

"그야, 직접 마법을 눈으로 본 사람들에겐 충분히 신비롭고 초월적이지."

하지만 소문으로만 들은 사람들의 인식은 다르다.

-대마법사가 마법으로 산을 관통했다!

이러면 사람들은 이렇게 생각한다.

-세상에, 대마법사는 신인가?

하지만 이걸 이런 식으로 표현한다면?

-대마법사가 마법으로 산에 터널을 뚫었다!

그땐 이런 반응이 나오는 것이다.

-단가가 얼마래?

디오스의 조소가 더욱 짙어졌다.
"대충 이런 느낌이지. 인간의 인식에 큰 기대를 하지 말게나."

계속 산을 타고 오른 일행의 눈앞에 거대한 동굴 하나가 보였다.

카르나크의 삼각 측량 초혼술에 의하면 저곳이 목적지다.

동굴의 크기를 가늠하며 드렐이 말했다.

"드래곤이 살 법한 장소이긴 하군요."

입구의 높이가 5미터 정도, 어덜트 드래곤은 몰라도 아성체 드래곤 정도는 충분히 드나들 크기였다.

어디까지나 크기만 봤을 때의 이야기지만.

"이런 곳에 드래곤이 서식하고 있다는 건 역시 좀 어색합니다만……."

아무리 산세가 험하다고는 해도 제도 인근이었다.

도시에서 이렇게 가까운 장소에 드래곤이 서식하고 있었다면 제국 수비대가 가만둘 리 없었다. 퇴치까진 무리라 해도 존재 정도는 진작 파악하고 있어야 했다.

카르나크가 손가락을 까닥였다.

"확인해 보면 알겠지."

바로스와 카르나크가 앞장서고 세라티와 밀리아가 뒤를 따랐다.

드렐과 디오스, 라피셀과 레번은 만일을 대비해 바깥에 남았다. 혹여 안에 갇히기라도 하면 밖에서 빼내 줘야 하니까.

"그럼 들어가 보자."

동굴 안은 평범했다. 딱히 위험하지도, 무슨 함정이 있지도 않았다. 그냥 야생동물들이 흔히 사는 장소에 불과했다.

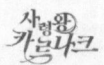

조금 더 걸어 들어갔을 때였다.
갑자기 새하얀 빙무가 일행을 향해 쏘아졌다.
파아아앗!
틀림없었다. 드래곤의 브레스였다.
재빨리 바로스가 오러를 펼쳐 브레스를 가로막았다.
"헙!"
은빛 장막에 냉기가 충돌해 사방으로 흩어졌다. 동굴 곳곳이 새하얗게 서리로 덮였다.
순간 카르나크가 눈살을 찌푸렸다.
"뭐야? 뭔 브레스가 이렇게 부실해?"
드래곤의 브레스라기엔 여러모로 부족했다. 이 정도면 끽해야 곰이나 쫓아내는 수준이었다.
동굴 깊숙한 곳에서 중후한 목소리가 들렸다.
"그렇군……."
만물을 절로 무릎 꿇릴 듯한 근엄함을 담은 음성이었다.
"그대가 제스트라드의 카르나크인가?"
뒤이어 목소리의 주인이 어둠을 뚫고 모습을 드러냈다.
얄팍한 날개를 팔랑거리며 걸어 나오는, 강아지만 한 크기의 새하얀 새끼 용이었다.
세라티의 눈이 동그랗게 변했다.
"……플로케?"

익숙한 새끼 드래곤이 일행에게 다가온다.

하지만 그 속에 든 존재는 더 이상 플로케가 아니다.

"어쩐지 브레스가 영 볼품없다 했더니……."

실소하며 카르나크가 중얼거렸다.

"귀여워지셨군요, 용황제여."

그라테리아가 작은 날개를 파닥거려 세라티에게로 날아갔다. 평소의 플로케와 똑같은 모습이기에 그녀는 순간 고민했다.

'안아 줘야 하나?'

그렇지만 무려 전설의 용황제이시라는데 그랬다간 무례인 것 같기도 하고.

다행히 그라테리아가 먼저 세라티의 어깨에 앉았다.

"어쩔 수 없었노라, 나인들 이런 아이의 몸을 빼앗고 싶었겠느냐?"

깊은 한숨을 내쉬더니, 갑자기 동그란 눈동자를 데굴거리며 일행의 눈치를 본다.

"그런데 말이다……."

"네?"

"혹시 요기를 할 만한 것이 있겠는가? 이 아이의 몸은 배가 빨리 고파지더구나."

통통하던 새끼 드래곤의 아랫배가 쏙 들어가 있었다. 며칠 동안 아무것도 못 챙겨 먹은 모양이었다.

고개를 저으며 카르나크가 동굴 밖을 가리켰다.

"일단 나가시죠."

밖에서 기다리던 이들도 놀라긴 마찬가지였다.

"플로케가……."

"……용황제?"

"어쩌다가요?"

카르나크가 간략하게 요약해 주었다.

"디오스 같은 상황."

"아."

전례가 있으니 이해하기도 참 쉬웠다. 레번이 물었다.

"그럼 이제 어찌합니까?"

"밥 달래."

"그것도 디오스 공이랑 똑같네요."

―◆―

그라테리아가 숨어 있던 동굴은 그 자체로 훌륭한 임시 거처였다.

굳이 다른 곳으로 갈 필요도 없이 동굴 앞에 모닥불을 피우고 식사 준비를 했다.

혹시 몰라 식량을 넉넉히 챙겨 온 카르나크 일행이었다. 새끼 용 한 마리 정도 늘어나도 아무 문제 없었다.

다들 도시락을 꺼내 늦은 저녁 식사를 즐겼다.

특히나 식사에 열정적인 이는, 당연하지만 며칠 굶은 위대한 용황제셨다.

앙냥냥!

주둥이를 그릇에 파묻고 미친 듯이 혀로 핥고 있는데 옆에서 보니 걱정마저 살짝 들 정도다.

평소에도 플로케를 귀여워하던 밀리아와 라피셀이 더듬거리며 말했다.

"천천히 먹어……요."

"이러다 체하겠다……요."

요즘 들어 나이 많이 드신 분들이 자꾸 애송이 몸에 갇히는 경우가 생겨서 존칭이 헷갈리는 두 사람이었다.

한참 후에야 배가 볼록해진 그라테리아가 입가를 훔쳤다.

"이제 좀 살겠구나."

어째 행복해 보이는 얼굴이었다, 육체도 권능도 빼앗기고 연약한 새끼 용으로 전락한 몸답지 않게.

"식사란 행위가 필요 없어진 지 3,000년쯤 된 것 같은데……."

혀를 차며 그가 카르나크를 돌아보았다.

"다시 해 보니 이것도 꽤 좋구나. 그대가 왜 모든 걸 버

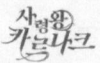

렸는지 조금은 이해가 간다."

카르나크의 안색이 살짝 굳었다.

"나에 대해서 많은 걸 알고 있군요?"

몰라야 정상이다.

현 시점의 그라테리아는 그와 아무런 접점도 없으니까.

"물론 나는 모른다. 하지만 미래의 내가 많은 걸 알고 있더군."

용황제가 어깨를 으쓱였다.

"그리고 내겐 그걸 훔쳐볼 잔재주가 조금 있지."

카르나크의 표정이 도로 풀렸다.

"통찰의 용안이 잔재주라 칭할 정도로 하찮은 능력은 아니겠지요."

당신이 심연을 들여다보면, 심연도 당신을 들여다보는 법.

미래의 테스라낙이 용황제 그라테리아의 영육을 침탈하였으니, 그 과정에서 그라테리아 역시 테스라낙의 영혼을 꿰뚫어 보았으리라.

'그렇다는 건 테스라낙은 확실하게 날 알고 있다는 소리군, 역시.'

자리를 고쳐 앉으며 카르나크가 물었다.

"대체 무슨 일이 있었던 겁니까?"

새끼 드래곤이 고개를 갸웃거렸다.

"알면서 왜 묻는가?"

평소처럼 자신의 둥지에서 수백 년의 잠을 자고 있던 그라테리아였다. 세상이 위험해지지 않았으니 굳이 일어날 일도 없었다.

그런데 갑자기 미래의 자신이 영육을 침탈하며 공격해 온 것이다.

"놀라서 저항했고, 안 되겠다 싶어 도주했지."

용마력에서 비롯되는 드래곤의 권능은 인간이나 요정족처럼 쓰임새가 특화되어 있지 않다.

사령술과 흡사한 수법도 구사할 수 있는 그라테리아였기에, 간신히 영혼만이라도 빼낼 수 있었다.

디오스와 레번을 돌아보며 그라테리아가 말을 이었다.

"나만 달리 무슨 일이랄 것이 있었겠는가? 다들 비슷한 상황이었을 텐데……."

카르나크가 용황제의 육체, 플로케를 가리켰다.

"왜 그 새끼 용의 몸에 빙의했냐는 말입니다. 다른 드래곤들도 많았을 텐데."

"그런 의미였나?"

고개를 끄덕이며 그라테리아가 설명을 이었다.

"그대도 알고 있겠지만, 드래곤인 내가 다른 종족에 깃드는 것은 여러모로 부작용이 크다."

그러니 살아 있는 드래곤, 혹은 드래곤 본에 빙의해야 한다. 오래 못 버티긴 마찬가지지만 인간이나 요정족의 몸

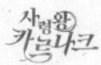

으로 사는 것에 비하면 훨씬 낫다.

문제는 테스라낙이 바로 미래의 자신이자 또 다른 용황제라는 점이었다.

현존하는 모든 드래곤은 그의 지배에서 벗어날 수 없다. 벗어나는 방법은 오직 하나, 죽어서 언데드가 되는 것뿐이다. 왕년의 카르나크가 드래곤 본을 이용해 드래곤 리치를 만들어 써먹곤 했듯이.

하지만 그라테리아는 언데드가 될 수 없었다.

상대는 사령왕이기도 했으니까. 자신보다 훨씬 더 어둠과 죽음에 능통한 존재이니까.

살아서는 용황제의 지배력에 당하고, 죽어서는 사령왕의 지배력에 당한다.

스스로를 가리키며 그라테리아가 혀를 찼다.

"오직 이 아이만이 그의 영향력에서 벗어나 있었다. 선택의 여지가 없었지."

얌전히 경청 중이던 세라티가 놀라 물었다.

"플로케가요?"

"그렇다."

고개를 끄덕이며 그라테리아가 그녀를 유심히 바라보았다.

"그대가 이 아이를 자신의 권속으로 삼은 덕분이지."

"네?"

세라티는 당황했다.

'권속이라니, 그게 무슨 소리야?'

태연하게 그라테리아가 말을 잇는다.

"이 아이의 몸에 일어난 변화, 그대에게 일어난 변화. 이 모든 걸 그저 우연이나 착각이라 여기고 있는 건 아니겠지?"

물론 그런 건 아니다.

세라티도 뭔가 있다는 것 정도는 슬슬 자각하고 있다.

"그게 드래곤을 새끼로 만드는 힘인 줄은 몰랐는데요."

"그렇다기보다는…… 아니, 이 이야기는 나중에 하도록 하지."

새끼 드래곤이 머리를 도리도리 저었다.

"지금 중요한 것은 내게 무슨 일이 생겼는지가 아니다."

그리고 카르나크를 향해 의미심장한 눈빛을 보냈다.

"그에게 무슨 일이 생겼는지이지."

용황제가 말하는 '그'가 누구인지는 굳이 물어볼 필요도 없다.

카르나크가 재빨리 그라테리아의 입을 막았다.

"지금은 밤이 깊었으니 내일 마저 이야기하시죠."

테스라낙에 관한 이야기가 나오면 필연적으로 사령왕 카르나크에 대한 이야기도 나올 수밖에 없었다.

그걸 라피셀 앞에서 대놓고 떠들어 댈 순 없는 것이다.

이제 와서 무왕 라피셀이 두려워서는 아니었다.

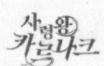

이 자리에 모인 카르나크와 그의 권속들이면 전성기의 라피셀이 나타난다 해도 충분히 제압할 수 있는 수준이다.
 하지만, 그녀의 의식이 깨어난다는 건 그 끔찍한 고문의 기억 또한 깨어난다는 의미.
 자칫하면 라피셀의 자아가 붕괴될 수도 있는 것이다.
 그래서 슬쩍 말을 돌린 것인데 용황제가 거부했다.
 "그녀도 알아야 한다, 슬슬 때가 되었음이니."
 그 역시 대강의 상황은 눈치채고 있는 모양이었다. 심지어 카르나크보다도 더욱.
 그라테리아가 라피셀을 돌아보며 묘한 질문을 던졌다.
 "이미 꿈을 꾸고 있지 않은가?"
 영 이해하기 힘든 질문이라 다른 일행이 의아해했다.
 하지만 라피셀은 침착했다. 뭔가 짐작이 가는 바가 있다는 표정이었다.
 "네, 꾸고 있어요."
 카르나크의 안색이 살짝 굳었다.
 '벌써 그 정도까지 진행되었었나?'
 그렇다면 더욱 위험하지 않나 싶기도 하지만…….
 '용황제가 이런 분야에선 나보다 훨씬 지혜롭지.'
 그를 믿어 보기로 했다.
 "알겠습니다."
 승낙하며 카르나크는 도로 자리에 앉았다. 그라테리아

가 작은 날개를 파닥거리며 그에게 날아왔다.

그리고 근엄한 목소리로 말했다.

"제스트라드의 카르나크여."

목소리 하나는 여전히 중후하다. 성대는 여전히 플로케의 것일 텐데 왜 저런 음성이 나오는 건지는 이해가 안 가지만.

"내 기억을 추출해서 모두에게 전해 줄 수 있겠지?"

일일이 육성으로 전달하기엔 너무 방대한 양이고 의미가 왜곡될 가능성도 높았다. 차라리 기억을 직접 투사하는 쪽이 확실했다.

"부탁한다, 내겐 지금 그럴 힘이 없구나."

"가능은 합니다만……."

카르나크가 잠시 머뭇거렸다.

"제가 당신의 기억을 엿봐도 되는 겁니까?"

"상관없다, 보여 주고 싶은 부분만 볼 수 있을 테니."

"그게 가능합니까? 당신은 이제 힘을 잃었지 않습니까?"

"이는 권능이랑 상관없는 부분이 아닌가? 단순히 생각을 정리하는 것뿐이거늘."

카르나크가 실소를 흘렸다.

저 말은 곧, 자신의 기억과 사념마저도 의식적으로 조절해 도서관처럼 항목화할 수 있다는 의미다.

"인간은 자신의 생각을 그렇게 철저히 정리하지 못하니

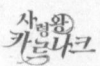

까 말이죠······."

 역시 무한에 가까운 삶을 살아온 용황제는 뭐가 달라도 다른 모양이었다.

 안심하고 카르나크는 혼돈 마법을 펼쳤다. 모닥불을 중심으로 커다란 마법진이 펼쳐졌다.

 마법진을 통해 기억을 투영하며 그라테리아가 말했다.

 "이는 과거이자 미래에, 테스라낙이 된 또 다른 나의 이야기다."

 서서히 모두의 뇌리에 하나의 이미지가 떠오르기 시작했다.

―

 대부분의 생물들이 그런 것처럼, 그 역시 어린 시절에 대해선 아무런 기억도 가지고 있지 않았다.

 특히나 용족은 인류나 요정족에 비해 더더욱 어린 시절이 희미할 수밖에 없었다.

 모든 드래곤들은 알에서 태어나 짐승으로 자란 뒤 마물로 활동하다가 지성체가 된다. 용황제라고까지 불리는 최강의 드래곤이라 할지라도 예외는 아니다.

 흐릿한 기억 속에서 최초로 자아를 의식한 것은 막 성체가 되었을 때.

인류는 존재하지만 인간의 문명은 존재하지 않았던 시대였다.

요정족의 문명은 존재했지만 지금처럼 아름답진 않았던 시대였다.

당시의 그라테리아는 평범했다. 다른 드래곤들에 비해 월등히 뛰어난 점도 없었다.

하지만 유별난 점은 하나 있었다.

세상에 무심한 동족들과는 달리 그는 타 종족에 관심이 많았다.

지성을 얻고 나서 꾸준히 인류와 요정족을 살폈다. 그들이 만들어 내는 문명을 보았고, 그들이 섬기는 존재를 보았다.

그 속에서 자연스럽게 욕망을 배웠다.

드래곤은 정해진 강함을, 정해진 숙명 속에서 깨우쳐 가는 존재.

용족이라면 그 누구도 저 한계를 벗어날 수 없었다. 아니, 벗어나려는 생각조차 하지 않았다.

그라테리아는 달랐다.

욕망을 배운 그는 그 욕망을 해소하는 법도 배웠다.

스스로를 단련하고, 더 높은 목표를 세우고, 이를 이루기 위해 노력할 수 있다는 사실을 깨달았다. 세상은 너무나 훌륭한 스승이었다.

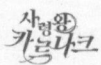

시간이 흘렀다.

드래곤의 평균 수명은 대략 천 살에서 천오백 살 정도.

3,000살이 넘어 버린 그라테리아는 더 이상 평범한 존재가 아니게 되었다. 동족의 2배가 넘게 살아온, 모든 드래곤 위에 군림하고 지배하는 자였다.

그라테리아는 기뻐하지 않았다. 이는 그가 원한 바가 아니었다.

진정으로 바라는 소원은 이 세상을 영원히 지켜보는 것.

하나 이는 필멸자에겐 허락되지 않은 소망이었다. 이 한계마저 초월하기 위해서는 또 한 번 나아갈 필요가 있었다.

그렇기에 영혼을 바쳐 언약을 맺었다.

-세계여, 영원히 당신을 지키게 해 주시오.

세계가 응답했다.
여신의 의지가 그에게 임했다.
그렇게 그는 세상의 수호자, 용황제 그라테리아가 되었다.

세계의 수호자

세계의 수호자가 된 그라테리아.

초기에는 상당히 바빴다. 인류도 요정족도 대자연의 폭거 앞에선 너무나 약했다.

조금만 추워지거나 더워져도, 바람이 조금만 세게 불어도, 비가 조금만 덜 와도, 하늘에서 운석 몇 개만 떨어져도 종족의 존망이 흔들리기 일쑤였다.

수호자의 의무를 다하기 위해 수십 년에 한 번씩 날아올라야 하던 시절이었다.

'그게 언제였더라?'

재의 옥좌에 앉아 테스라낙은 잠시 기억을 더듬었다.

'수천 년 전? 아직 1만 년까지 지나지는 않은 것 같은데.'

점차 문명이 발달하며 그라테리아의 의무도 조금씩 수월해졌다.

예전처럼 수십 년마다 위기가 오지 않았다.

아니, 위기는 여전히 찾아왔지만 그의 힘까지 빌릴 필요가 없었다. 그 정도는 이제 인류와 요정족이 스스로 처리할 수 있었다.

이제야 안심하고 지켜볼 수 있겠다 싶어 흐뭇해하기도 잠시.

다른 문제가 생겼다.

이젠 인류와 요정족이 세계의 위험으로 변해 버렸다.

대자연의 폭거를 견뎌 낼 정도로 강해지더니, 거꾸로 대자연에 폭거를 저지르기 시작한 것이다.

어이가 없었지만 그래도 열심히 날아올랐다.

인류나 요정족이 세상을 위기에 빠뜨리는 일은 그리 자주 있지 않았다. 수백 년에 한 번 정도만 신경 쓰면 되었다.

세계가 위험해지면 나서고, 그렇지 않으면 자신의 둥지에 들어앉아 꿈을 꾸며 지냈다.

만족스러운 삶이었다.

진정한 위기가 찾아온 그날까지는.

"후우······."

한숨을 쉬며 테스라낙은 턱을 괴었다. 그리고 세계를 뒤흔들던 사상 최악의 위협을 떠올리며 인상을 썼다.

'카르나크, 인간의 사령왕······.'

그라테리아가 태어나기도 전의 아득한 고대.

당시는 아직 인류와 요정족이 분화되기 전이었다. 세상에 지성체라고는 용족과 두 발로 걷고 말을 하는 털 없는 원숭이, 고대종만이 존재하던 시절이었다.

사령술은 저 고대종이 만들어 낸 술법이었다.

삶의 모든 고통과 두려움이 죽음으로 연결되기에, 그들은 죽음을 다루고 싶어 했다.

근거 없는 미신과 망상이 주술로 이어지고, 시간이 쌓이며 죽음을 다루는 법으로 발전해 갔다.

거대한 제단을 세우고, 죽은 사람을 썩지 않게 보관하고, 죽음 너머의 세계가 진실이며 현세는 잠시 스쳐 지나갈 뿐이라 믿었다.

그러나 세월이 흐르며 고대종의 주술은 점점 다른 방향으로 나아갔다.

생명체가 삶이 아닌 죽음에 집착하는 것은 자연스럽지 않았다. 죽음이 아닌 삶 속에서 가치를 추구하는 다양한 주술이 생겨났다.

그에 따라 고대종도 서서히 분화되어 갔다.

세상을 바꾸며 빠르게 나아가려는 자들을 인류라 칭하게 되었다.

세상에 적응해 머무르고자 하는 이들을 엘프라 칭하게 되었다.

세상에 깊이 파고들고자 하는 이들을 드워프라 칭하게 되었다.

인류와 요정족이 분화되고 문명이 더더욱 발전하며 주술의 형태도 바뀌어 갔다.

오직 감각에만 의존하던 주술이 학문이란 이름으로 정립되기 시작했다.

신적인 존재를 섬겨 힘을 얻고, 스스로의 내면에 파고들어 자신을 강화했으며, 세계와 조화를 이루어 세상을 변화시키게 되었다.

이 새로운 권능들은 사령술처럼 타인을 해칠 필요가 없었다.

타인의 영혼을 불사르지 않고, 타인의 시체를 모독하지 않고, 인육을 먹지도 않은 채 스스로에게 부끄럽지 않게 강해질 수 있었다.

신성술, 오러, 마법이라 불리는 이 수법들 앞에 사령술은 빠르게 몰락했다.

죽음은 직시할 수 없는 불경한 것이 되었으며, 시체를 염하는 이들도 최고위 사제에서 최하층민으로 굴러떨어졌다.

그렇게 사령술은 긴 세월 동안 잊혔다.

간혹 금기시된 사령술을 터득한 인간들이 튀어나오기는

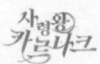

했다. 하지만 그들은 세상에 어떤 영향력도 주지 못했다.

워낙 약했으니까.

마왕이니 어쩌니 해 봐야 고작 인간 왕국 하나둘 흔드는 것이 고작이었다. 아무리 날뛰어도 국지적인 소란에 불과했다.

반면 인류와 요정족의 저력은 이미 경지에 오른 후.

얼마든지 저들이 자체적으로 처리할 수 있었다. 굳이 그라테리아가 나설 필요도 없었다.

게다가 인간들이 서로 죽고 죽이는 것은 워낙 흔한 일이다.

그들은 죽인 만큼 다시 낳고 다시 번성하는 존재들, 이런 사소한 문제까지 일일이 개입하는 것은 오히려 균형을 파괴하는 결과를 낳을 수도 있다.

그래서 관망했다.

사령왕이란 자가 나타나 대륙을 어지럽혀도, 온 세상이 카르나크란 이름에 증오와 분노를 퍼부어도 용황제에겐 평범한 일상일 뿐이었으니까.

그라테리아가 잠들어 있는 동안에도 세상에는 점점 더 죽음의 그림자가 드리워지고 있었다.

인류의 숫자가 계속해 줄어들었다.

요정족의 숫자도 계속해 줄어들었다.

심지어, 용족의 숫자마저 줄어들기 시작했다.

인간의 왕국들이 멸망하고, 요정족의 동맹이 와해되고, 드래곤들이 하나둘 죽어 간다.

변화는 너무도 빨랐다. 고작 십수 년 만에 세상은 어둠으로 뒤덮여 버렸다.

결국 그라테리아는 결정을 내렸다.

더 이상 저 사령왕이란 존재를 내버려둘 수 없었다. 이대로라면 조만간 돌이킬 수 없는 지경까지 도달할 터였다.

깨어나 날아올랐다.

용황제가 수백 년 만에 세상에 자신을 드러냈을 땐 이미 인간의 제국까지 멸망한 뒤였다. 무왕과 대마법사, 7여신교 역시 사령왕의 손에 들어가 있었다.

세뇌된 부하들을 대동한 채 카르나크와 그의 심복, 바로스는 하늘을 뒤덮은 거대한 드래곤과 조우했다.

그리고 호들갑을 떨었다.

"오메! 도련님, 저게 뭡니까요?"

"모르겠다, 어디서 저런 괴물이 튀어나온 거지?"

"정말 저런 거랑 싸워야 합니까?"

"안 싸우면 어쩔 건데? 도망갈 방법이라도 있냐?"

"없구만요."

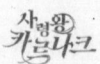

두 놈 다 참으로 언행이 가벼웠다.

어떻게 저런 성품의 인간들이 이토록 강력한 힘을 손에 넣을 수 있었는지 이해가 가지 않을 정도로.

"세상의 균형을 깨뜨린 인간이여······."

엄숙한 용황제의 경고에도 놈들은 여전히 진지하지 못했다.

"목에 가래 꼈냐? 뭘 저렇게 근엄한 척한대?"

"그래도 멋있긴 하구만요."

이에 그라테리아가 가벼운 분노를 느낀 것은 당연한 귀결이리라.

"참으로 쓰레기들이로다. 대화할 가치조차 못 느끼겠구나."

용황제의 브레스가 허공을 갈랐다. 이내 천지가 진동하는 광활한 전투가 벌어졌다.

놀랍게도 놈들은 강했다. 억겁의 세월을 살아온 그라테리아마저 처음 맞이하는 강자들이었다. 역시 교양과 성품은 강함과는 아무 상관도 없는 덕목인 모양이었다.

하지만 세계의 수호자를 감당할 수 있을 정도까진 아니었다.

모든 어둠과 죽음을 끌어내고, 시체로 산을 쌓고 피로 바다를 만들어 가며 저항했지만 결국 사령왕은 용황제의 힘에 미치지 못했다.

사투 끝에 그라테리아는 승리를 거머쥐었다. 그리고 정해진 섭리대로 움직였다.
"이만 피안으로 향하도록 하라."
그렇게 카르나크와 그의 심복, 바로스는 죽임을 당했다.
문제는 그다음이었다.

죽음을 지배하는 자답게 카르나크의 영혼은 그 와중에도 용케 그라테리아의 눈을 피해 도망쳤다. 그리고 얼마 후, 전혀 다른 존재가 되어 그의 눈앞에 나타났다.
그것은 실로 악몽이었다.
"이, 이게 대체……."
강대한 기운을 내뿜는 푸른 영기의 해골을 보며 그라테리아는 치를 떨었다.
살아 있는 카르나크는 충분히 감당할 수 있는 존재였다.
하지만 죽은 사령왕은 전혀 달랐다.
죽음과 어둠의 결정체, 아스트라 슈나프.
이는 용황제조차도 알지 못한 심연의 권능이었다. 그의 지혜를 아득히 초월한 괴물이 눈앞에 있었다.
"어떻게 한낱 인간이 저런 권능을 손에 넣었단 말이냐?"
경악한 그라테리아를 향해 푸른 해골이 비웃음을 던진다.

"뭐가 그렇게 이상하지? 한낱 드래곤에 불과한 그쪽도 그런 권능을 손에 넣었으면서."

"어이가 없구나, 감히 인간 주제에 이 몸과 비견되려 하느냐?"

"뭘 모르시나 본데, 감히라든가 한낱이라는 표현 쓰는 놈치고 잘되는 놈이 없어요. 오래 살아 놓고 그런 것도 모르나?"

실은 카르나크 본인도 저런 표현 자주 쓰곤 한다. 하지만 용황제를 긁을 수만 있으면 뭔 소린들 못 하랴?

사흘에 걸친 끔찍한 전투가 이어졌다.

하늘이 갈라지고 땅이 꺼지고 바다가 말라붙었다. 지형이 바뀌고 기후가 변하는 무자비한 충돌이었다.

결국 승리는 사령왕에게로 돌아갔다.

수천 년의 세월 동안 세상을 지켜 온 존재가 고작 한 명의 인간에게 무릎을 꿇었다.

"와, 역시 용황제는 용황제구나. 이거 완전히 죽일 방법이 없네?"

쓰러진 그라테리아를 향해 푸른 해골이 비아냥거림을 흘린다.

"뭐, 육체만이라도 죽여 놓아야지."

어둠의 힘이 그라테리아의 뇌리를 장악했다. 육체가 생기를 잃고 사기에 물들어 갔다. 지성을 잃고 다시 짐승이 되었다.

더 이상 용황제는 존재하지 않았다.

사령왕의 충실한 종, 사룡 그라테리아만 존재할 뿐이었다.

이후 그는 사령왕의 명에 따라 세상을 지옥으로 바꿔 갔다. 죽은 자를 위해, 죽은 자가 되어, 죽은 자들을 만들어 냈다.

끔찍한 일이었다.

더욱 끔찍한 건, 그 사실이 끔찍한 줄조차 몰랐다는 점이다.

세월이 흘렀다. 세상이 변했다. 대륙이 죽음으로 한껏 뒤덮였다.

대지를 거니는 산 것보다 죽은 것의 숫자가 더 많아질 정도로 오랜 시간이었다.

하나 사룡이 된 그라테리아에겐 의미 없는 시간의 흐름이었다. 지성이, 자아가 없어진 그에겐 이 모든 것이 존재치 않는 시간이나 다름없었다.

그런 그가 다시금 깨어난 때는 자그마치 100여 년 후.

"아……."

간신히 정신을 차린 그라테리아의 눈에 비친 것은 상상도 못 한 광경이었다.

"이건 대체……."

하늘이, 땅이, 바다가, 공간이, 시간이…….

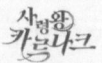

세상의 모든 것이 무너져 내리고 있었다.

보랏빛 하늘이 회오리친다. 그 너머, 하늘의 파편이 조각조각 부서져 일그러진 공간 저편으로 사라진다.

땅이 구겨진다. 그 너머, 대지의 가장자리가 말라붙은 시간의 불길에 휩싸여 타들어 간다.

이것이 지진이나 화산, 해일 같은 것이라면 그라테리아도 놀랄 일이 없었을 것이다. 그 정도는 그가 살아온 무수한 세월 동안 지겹게 겪은 재해였다.

단순한 천재지변이 아니었다.

이미 죽어 버린 세상이, 그 죽음조차 유지하지 못한 채 무너져 내리고 있었다.

그라테리아는 움직였다. 사룡이 되어 굳어 버린 육체를 억지로 뒤틀어 고개를 들었다.

'무슨 일이냐……'

그리고 상황을 파악하기 위해 노력했다.

'대체 무슨 일이 일어난 거냐!'

세계의 흐름을 느끼고 정해진 기운을 파악해 정답을 찾아 헤맨다.

간신히 뭔가 감지할 수 있었다.

시공에 거대한 구멍이 뚫렸다. 그 구멍을 통해 현실이 빨려들어 사라지고 있는 것이다.

'어째서 이런 일이 벌어진 거지?'

잘 움직이지도 않는 날개를 애써 펄럭이며 몸을 띄웠다.

일단 날아오르니 주위가 보였다.

그가 깨어난 곳은 정체불명의 커다란 분화구였다. 왜 자신이 이런 곳에 있었는지는 모르겠다. 아마도 사령왕이 평소 그를 수납해 놓던 장소 중 하나였던 듯했다.

분화구를 벗어나 시공의 구멍을 향해 날았다.

100여 년 만에 다시 본 세상은 실로 끔찍했다.

산 자라곤 보이지 않았다. 온통 죽은 자들뿐이었다.

한탄 속에서 계속 날다 보니 거대한 도시가 눈앞에 펼쳐졌다.

아니, 과연 저곳을 도시라 할 수 있을지 모르겠다. 오직 죽은 자들만이 득실거리는 장소라면 묘지라는 표현이 어울리지 않을까.

'저곳은……'

희미하게 뭔가가 떠오른다. 사룡이었을 때의 기억이다.

"네크로폴리스……"

죽은 자들의 제국, 네크로피아의 수도.

사령왕 카르나크가 세운 지상 최대의 도시이자 무덤이었다.

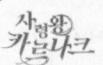

도시는 혼란에 빠져 있었다.

제어를 잃은 언데드들이 서로 싸워 댄다.

죽이는 것은 아니다. 이미 모두 죽어 있으니까.

그저 부수고 파괴할 뿐이다.

그 장대한 혼란 속에는 과거 그토록 강하고 현명했던 무왕과 대마법사 들의 모습마저 보였다.

"아아……."

"나의 주인이시여……."

"어찌하여 우릴 버리시나이까……."

슬픈 일이었다.

그 아름다웠던 이들이 저토록 추악하게 몰락해 있다니.

물론 그라테리아도 저들과 별반 다르지 않다. 그 역시 언데드로 전락한 지 오래다.

수천 년을 버텨 온 강인한 용의 영혼을 지니고 있지 않았다면 저들처럼 완전히 무너져 내렸으리라.

계속 날아 네크로폴리스의 중앙까지 향했다.

웅장하고 화려한 궁성이 보였다. 온갖 황금과 보석으로 치장한 카르나크의 황궁이었다.

시공의 구멍은 저 궁성을 중심으로 펼쳐져 있었다.

그라테리아는 일단 육체를 변화시켰다. 500미터에 달하는 본체는 황궁의 내부를 탐색하기엔 너무 거대했다.

인간과 비슷한 크기의 용인이 되어 황궁 내부로 진입했다. 조금씩 사룡이던 시절의 기억이 되살아났다.

기억을 더듬어 가며 그는 황궁의 중심으로 향했다.

끝없이 이어지는 황금의 기둥, 대리석의 바닥, 우아한 그림과 정교한 장식 및 조각상 들.

검은 그림자가 드리워진 긴 회랑을 통해 커다란 홀에 들어선다. 홀 중앙에 주인을 잃은 커다란 황금 왕좌가 보인다.

그리고, 그 왕좌 너머로 보이는 불길한 무엇인가.

"맙소사……."

그라테리아는 벌벌 떨며 왕좌의 뒤쪽으로 향했다.

그리고 확인했다.

우뚝 선 커다란 핏빛 비석이 기이한 빛을 발하며 명멸하고 있는 것을.

어째서 이런 일이 벌어졌는지 알았다.

누군가가 현재를 버리고 시공을 벗어나 버렸다. 그로 인해 부정당한 현실이 무너져 내리고 있었다.

누군가의 정체에 대해선 고민할 필요조차 없다. 비석에 남아 있는 강렬한 어둠이 그를 증거한다.

순간 용황제의 입에서 욕설이 터져 나왔다.

"카르나크! 이 간악한 사령왕 같으니!"

고작 한 명의 개인이 시공을 회귀한다 하여 세상이 멸망

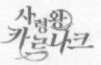

하는가?

정답은 '그렇다.'였다.

작은 구멍은 때론 거대한 둑마저 무너뜨릴 수 있는 법.

사령왕이 시공 회귀를 했다는 결과가 문제가 아니라, 이를 위해 시공에 구멍을 뚫어 버린 행위가 문제인 것이다.

시공의 흐름이 끊겼다. 이 세계의 미래 역시 사라져 버렸다.

그 결과가 바로 작금의 무너지는 현실.

그라테리아는 고민했다.

이대로라면 세계는 조만간 멸망한다. 시공의 복원력 덕분에 아직은 버티고 있으나 얼마 가지 못할 것이 뻔하다.

'어쩌지?'

그는 세계의 수호자였다. 세상을 지키고자 스스로의 영혼에 걸고 서약한 자였다.

사룡이 된 지금도 그 약속은 영혼 속에서 빛나고 있다.

'세계를 지켜야 한다.'

각오를 다지며 그라테리아는 핏빛 비석으로 향했다.

이미 뚫려 버린 시공의 구멍을 막을 방법은 없었다. 하지만 다른 방법은 있었다.

그는 비석에 손을 가져갔다. 그리고 통찰의 용안을 통해 비석의 본질을 꿰뚫어 보았다.

시공을 초월해 과거로 회귀하는 술식이 그의 지혜에 깃

들었다.

"원인이 존재치 않는다면, 결과 역시 생겨나지 못할 터."

핏빛 비석이 거대한 어둠을 피워 올리기 시작했다.

동시에 그 역시 돌아가게 되었다.

아직 자신이 용황제, 세계의 수호자이던 시절로.

과거의 용황제는 시공 회귀한 그라테리아의 영혼을 별 저항 없이 받아들였다.

'무슨 일인가, 미래의 나여?'

'통찰하면 알 것이다, 과거의 나여.'

'그렇군, 필요한 일임을 알겠다.'

미래의 운명이 워낙 참혹하기에 세계의 수호자들은 어렵지 않게 하나가 되었다.

어차피 세계를 지키고 나면 미래의 그라테리아 역시 되돌아갈 터였다. 잠시 몸을 빌려주는 것 정도는 과거의 용황제에겐 큰 부담이 아니었다.

다시금 용황제가 되어 그라테리아는 날아올랐다. 그리고 공간을 뛰어넘어 카르나크의 영혼이 머무르는 곳으로 향했다.

제스트라드 영지는 갑자기 나타난 수백 미터의 드래곤

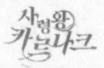

을 두고 대혼란에 빠졌다.
 "으아아악!"
 "괴, 괴물이다!"
 "드래곤인데?"
 "드래곤 괴물이다!"
 날뛰는 인간들 사이로 그들을 찾았다.
 평범한 인간이 된 카르나크와 그의 심복 바로스였다.
 "저게 뭡니까, 도련님? 왜 용황제가 우릴 찾아와요?"
 "그러게? 지금 우린 아무 잘못도 하지 않았는데?"
 참으로 어이없는 자들이었다.
 여태 저지른 그 수많은 죄악을 무시하고, 그저 세월을 거스른 것만으로 모두 없어진 것처럼 굴고 있었다.
 그야말로 불변의 악.
 그라테리아는 입을 열었다.
 "인간의 사령왕이여."
 두 놈 다 눈치는 또 번개처럼 빨랐다. 저것만으로도 바로 상황을 파악했다.
 "젠장! 미래의 그라테리아였냐?"
 "아니, 저 양반이 왜 여길 왔죠?"
 물론 파악해 봤자지만.
 회귀한 두 사람은 더 이상 사령왕도 데스나이트 로드도 아니었다. 고자해야 20대 청년, 심지어 인간들 중에서도 약자에 속하는 이들이었다.

"그대들을 멸해 세계의 균형을 바로잡겠다."

선언하며 용의 숨결을 내뿜었다. 그걸로 충분했다. 카르나크도 바로스도 완전히 재가 되어 사라졌다.

진정한 악몽은 그 직후에 벌어졌다.

갑자기 하늘이 무너지고 공허가 입을 열었다. 동시에 거대한 어둠이 현세에 뿌리를 드리우기 시작했다.

저 간악한 사령왕이 버리고 떠난 죽음의 권능, 아스트라 슈나프였다. 그것이 마치 나무와 같은 형태로 현실에 내려 앉은 것이다.

죽음의 주인이 죽음을 저버렸기에 아스트라 슈나프도 공허를 떠돌았다.

하나 주인 된 자가 다시 죽음을 품기로 하였으니, 어찌 기쁘게 맞이하지 않으랴?

죽음의 주인이 죽음의 권능과 다시 하나가 되었다.

푸른 영기의 해골이 죽음의 신이 되어 그의 앞을 가로막았다.

"그라테리아!"

처음 아스트라 슈나프가 되었을 때에도 카르나크는 용 황제 이상의 힘을 지닌 존재였다.

하물며 지금은 백 년 넘게 더더욱 스스로를 키워 왔음이니……

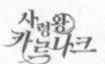

"용케 내 생육신을 박살 냈겠다?"

이미 그것은 그라테리아를 아득하게 능가하는 권능이었다.

그는 비참하게 패배했다. 그리고 또다시 사룡이 되어 사령왕의 노예가 되었다.

마지막으로 기억하는 것은, 투덜대는 카르나크의 목소리였다.

"이 작자, 확 그냥 소멸시키고 싶은데 잘 죽지도 않아서, 원."

그라테리아가 정신을 차렸을 때는 또다시 사룡의 육신에 갇혀 있는 상태였다.

'이건 대체?'

잠시 의아해했지만 이내 해답을 얻었다.

그가 손에 넣은 카르나크의 시공 회귀 술식이 용마력과 결합되며 조금 다른 결과를 낳게 된 것이다. 그 탓에 죽음으로부터 자유로워지지 못하고 시공간의 한 지점에 고정되어 버렸다.

바로 세계가 종말에 임박한 바로 그 순간으로.

다만 과거가 바뀐 탓에 미래 역시 어느 정도 바뀐 모양이었다. 그는 원래 깨어났던 분화구가 아니라 거대한 빙판 한복판에 얼어붙어 있었다.

'그렇다는 것은······.'

그라테리아는 경악하며 날아올랐다.

이는 심각한 의미를 내포하고 있었다. 바뀐 미래 또한 세계가 여전히 멸망으로 향하고 있다는 의미가 아닌가?

하늘을 날며 세상을 살폈다.

이번 세계는 예전과 살짝 달랐다.

여전히 온 세상에 언데드가 창궐해 있었지만 네크로피아 제국이나 언데드 무왕, 대마법사 들의 모습은 보이지 않았다.

'어째서 이리된 것이지?'

통찰의 용안을 펼쳐 온 세상을 주시했다. 그리고 답을 얻었다.

절로 욕이 튀어나오는 답을.

"카르나크! 이 비열한 자가!"

아스트라 슈나프가 된 카르나크는 다시금 세상을 어둠으로 물들였다. 모든 산 자를 죽여 언데드로 만들고 막대한 어둠과 죽음의 권능을 낳았다.

그리고, 그 힘으로 또 현세를 버리고 과거로 돌아가 버린 것이다!

오직 저 혼자만의 쾌락을 위해서.

그라테리아는 뚫린 시공의 구멍으로 향했다. 그리고 다시 한번 시공 회귀를 시도했다.

예전의 실수로 교훈을 얻었다.

'그자를 죽여선 안 된다.'

사령왕 카르나크는 죽음의 주인이다.

그의 유일한 약점은 삶에 대한 갈망뿐.

그 약점이 없어지는 순간 돌이킬 수 없는 악마가 되어버린다.

이에 대한 대처법을 떠올리는 것은 그라테리아에겐 그리 어렵지 않은 일이었다.

'산 채로 봉인해 버리면 되겠지.'

이번에도 과거의 용황제는 미래의 자신을 흔쾌히 받아들였다. 살아 있는 육신을 이끌고 곧바로 제스트라드 영지로 공간을 뛰어넘었다.

이번에도 스무 살 남짓의 애송이 카르나크가 그를 맞이했다. 다만 예전과는 다른 점이 있었다.

이 시점의 카르나크는 그를 기억하고 있었다.

"그러테리아, 저게 왜 또 와?"

한 번 그라테리아에게 죽임을 당하고 아스트라 슈나프

로 부활한 카르나크였다.

그 점이 문제였다.

그라테리아의 존재를 확인하자마자 카르나크가 먼저 자살해 버린 것이다. 미처 상대를 봉인할 틈도 없었다.

"진짜 짜증 나네, 정말."

저 말을 마지막으로 그는 다시 죽음의 영역에 들어섰다. 그리고 악몽이 이어졌다.

아스트라 슈나프가 된 카르나크는 그라테리아를 간단히 제압했다.

마지막으로 그가 기억하는 것은, 데스나이트가 된 바로스와 죽음의 신이 된 카르나크의 대화였다.

"에, 이제 어쩝니까, 도련님?"

"또 힘 모아서 회귀하면 되지. 두 번이나 한 짓인데 세 번인들 못 하겠냐?"

멸망의 시대.

그라테리아는 재차 눈을 떴다. 이번에는 희망이 좀 보였다.

'그렇군, 회귀 시점만 조절하면 가능성이 있어.'

카르나크가 이미 용황제의 시공 회귀에 대해 알고 있는

경우는 피해야 한다. 손쓸 여지조차 없이 죽음의 신으로 되돌아가 버릴 테니까.

하지만 처음으로 시공 회귀를 한 그라면 아직 여지가 있을 터.

죽음이 가득 찬 대지를 날아, 시공의 구멍으로 뛰어든 뒤, 과거로 향했다. 다시금 과거의 자신과 융합한 뒤 카르나크를 찾았다.

제스트라드 영지의 인간들이 날뛰었다.

"으아아악!"

"괴, 괴물이다!"

"드래곤인데?"

"드래곤 괴물이다!"

평범한 인간인 사령왕과 그의 심복 역시 똑같은 말을 반복한다.

"저게 뭡니까, 도련님? 왜 그라테리아가 우릴 찾아와요?"

"그러게? 지금 우린 아무 잘못도 하지 않았는데?"

만족스러운 결과였다.

그라테리아는 심혈을 기울여 그들을 상대했다. 절대 죽이지 않고, 죽음에 이를 상처조차 피하며 둘의 영육을 확실하게 제압했다.

'성공이다.'

기뻐하며 용황제는 이 봉인을 현재의 자신에게 맡기려

했다.

그때였다.

봉인 속의 카르나크가 이렇게 생각해 버리고 말았다.

'이렇게 될 바엔 차라리 죽는 게 낫겠는데…….'

고작 죽음을 선택한 것만으로, 삶의 쾌락을 포기한 것만으로 충분했다.

진심으로 삶을 버린 그에게 공허가 입을 열었다.

어둠이 쏟아져 내리며 강대한 죽음의 권능이 주인을 찾아 흘러들었다. 그 압도적인 권능 앞에 용황제의 봉인은 종잇장만도 못했다.

"그라테리아!"

죽음의 신이 또다시 모습을 드러냈다.

"용케 내 생육신을 박살 냈겠다?"

그라테리아는 눈을 떴다.

여전히 세상은 멸망으로 향하고 있었다. 여전히 시공은 무너지고 있었다.

그런데 도무지 막을 수가 없다.

그는 죽일 수도 살릴 수도 없는 자였다. 무슨 수를 써도 그로부터 세계를 구할 수 없었다.

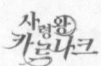

절망에 차 세계의 수호자는 울부짖었다.
"으아아아아아!"

절망 속에서 그라테리아는 다시금 시공 회귀를 시도했다.

이 세상을 지키기 위해서는 무슨 짓이건 해야 했다. 설령 그것이 의미 없는 반복이라 할지라도 그에겐 다른 선택지가 없었다.

이번에도 과거의 용황제는 미래의 영혼을 받아들였다. 그리고 색다른 제안을 했다.

'꼭 그를 막아야만 하는가?'

지옥을 겪은 미래의 그라테리아에게 사령왕 카르나크는 결코 용서 못 할 절대 악이었다.

하나 아직 아무 일도 겪지 않은 현세의 용황제에겐, 아직 아무 일도 저지르지 않은 인간 청년일 뿐이다.

'그에게 인간의 삶을 허락함이 어떠한가? 평범한 삶을 누린 그가 평범하게 죽음을 맞이할지도 모르지 않나?'

나쁘지 않은 제안이었다.

용황제의 일부가 되어 카르나크를 지켜보았다. 그가 과연 사령왕이 아닌 인간으로서 살아가는지 확인했다.

10년, 고작 10년이었다.

인간으로 돌아온 카르나크가 부모를 죽이고 형제를 죽이고 주위 영지를 불태우고 왕국을 멸망시키며 모두의 증오를 사는 데는 고작 10년밖에 걸리지 않았다.

-엿 같은 세상! 몽땅 불사르고 다시 시작하겠다!

카르나크의 저 외침과 함께 또 공허가 열렸다. 또 아스트라 슈나프가 이 땅에 강림했다.

세계의 수호자로서 그라테리아는 그의 앞을 막았다. 그리고 또 패배해 멸망의 시대로 돌아갔다.

이번엔 좀 더 정밀하게 카르나크를 다뤄 보기로 마음먹었다.

'그에게 있어 세상은 항상 불행으로 가득 찬 곳이었지.'

카르나크에게 이 세상이 아름다웠다면, 충분히 행복한 곳이었다면 조금은 달라지지 않을까?

먼저 인간들이 바라는 부와 권력을 안겨 줘 보기로 했다.

그가 사는 나라의 국왕의 의지를 살짝 조종해 그의 가문을 유력 귀족으로 바꿔 주었다.

사령술을 쓰지 않고도 부과 명예를 얻게 되었으니 카르나크는 만족했을까?

아니었다.

가족끼리 권력 다툼하다 서로 죽이고, 귀족들끼리 영지

전 잔뜩 벌이더니 결국 도로 사령술에 빠지게 되었다.

그러더니 똑같은 결과로 귀결되더라.

-엿 같은 세상! 몽땅 불사르고 다시 시작하겠다!

깨달았다.

카르나크의 불행은 자업자득이었다. 세상이 뭘 잘못한 게 아니라 인간 자체가 타고난 몹쓸 놈이어서 저 상태까지 가는 것이었다.

저 글러먹은 인간에게 타인과의 관계를 억지로 엮는 것은 역효과였다. 자연스럽게 평온한 삶을 살게 할 필요가 있었다.

'일단 가족과의 관계부터 개선해 보자.'

그라테리아가 보기에 제스트라드 남작가의 문제는 가난하다는 것이었다. 곳간에서 인심 난다고, 돈이 없으니 서로에게 막 대하는 것이라 여겼다.

그래서 일단 가문 자체가 넉넉해지도록 유도했다.

다양한 권능을 지닌 용황제는 대지 깊숙한 곳도 꿰뚫어 볼 수 있었다. 제스트라드 영지 근처에서 구리 광맥을 찾아 은근슬쩍 정보를 흘렸다.

돈 될 구석을 발견한 제스트라드 남작가는 열심히 구리 광산을 개발했다. 덕분에 남부럽지 않은 부자가 되었다.

그러더니, 가문의 재산을 서로 차지하겠다며 피 흘리며 싸우기 시작했다.

"아니, 저놈들은 왜 항상 저따위 결론만을 낸단 말이냐?"

결국 인정할 수밖에 없었다.

가족 자체가 문제였다는 것을.

그렇다면 어찌해야 할까? 쥐도 새도 모르게 카르나크의 가족들을 없애 버릴까?

여태까지는 차마 그의 부모나 형제를 죽이겠다는 생각까진 하지 못했다.

죄 많은 인간의 행복을 위해 죄 없는 인간들을 희생시킨다는 것은 용황제로선 떠올리기조차 힘든 악행이었다.

하지만 계속된 실패로 인해 그라테리아 역시 조금씩 현실과 타협해 갔다.

근처 영지를 이용해 영지전을 시도함으로써 자연스레 카르나크의 부모와 형제들을 싹 다 죽였다.

덕분에 카르나크도 자연스럽게 영주가 될 수 있었다. 구리 광맥을 지닌 부자 가문의 영주였다.

이후에는 손을 뗐다. 더 이상 관여하는 것은 위험했다.

저 눈치 빠른 인간은 누군가가 자신의 운명을 건드리는 것을 민감하게 받아들이고 있었다. 게다가 미래에 대해서도 극히 불안해했다.

조금만 수상해도 일단 사령술부터 터득하고 보는 것이다.

몇 번의 시도 끝에 간신히 카르나크가 자연스러운 삶을 살아가게 되었다.
 가족이란 게 생길 놈이 아니다 보니 결혼을 하거나 하진 않았다. 그럼에도 그럭저럭 평화롭게 늙어 갔다.
 마침내 수명이 다해 죽어 가게 되자, 노쇠한 카르나크는 흐뭇하게 웃었다.

 -돌이켜보면 나쁘지 않은 인생이었구나.

 그리고 곧바로 공허를 열어젖혔다. 어둠의 세계수, 아스트라 슈나프가 현세에 뿌리를 들이밀었다.

 -또 살아 봐야지.

 결국 그는 수천 년을 살아온 용황제의 입에서 저잣거리 건달 같은 욕설이 튀어나오게 만드는 데 성공했다.
 "으아아아! 카르나크, 저 빌어먹을 놈이!"

 그라테리아는 자신의 어리석음을 인정했다.
 평범한 삶을 산 이들 대부분이 원해서 평범한 죽음을 맞는 것이 아니다. 그저 피할 수 없기에 수긍하고 받아들일 뿐이지.

저럴 수 있는 인간은 정말 극소수이며 영웅이나 현자로 불릴 만한 존재.

일반인조차 못 되는 성품을 지닌 자에게 현자의 도리를 요구했으니 먹힐 리가 있나?

불변의 악에게 회개를 요구하는 것은 불합리한 일이다.

카르나크가 세상을 멸망시키는 것은 피할 수 없는 운명.

그럼 어찌해야 할까?

문득 그라테리아의 뇌리에 뭔가가 번득였다.

분명 무슨 수를 써도 아스트라 슈나프를 손에 넣은 카르나크를 이길 방법은 없었다.

'하지만 그가 힘을 되찾지 못하도록 할 방법은 있지 않을까?'

예를 들면, 용황제 자신이 죽음의 권능을 거둔다거나 하는 식으로.

여태까진 한 번도 이런 식으로 생각해 본 적이 없었다.

그에게 있어 저 아스트라 슈나프의 존재는 결코 용납 못할, 반드시 멸해야 할 금기 중의 금기였을 뿐이니까.

하지만 오랜 실패로 현실과 타협해 온 그라테리아에겐 더 이상 금기라곤 존재치 않았다.

자연스럽게 고민하기 시작했다.

어떻게 해야 저 어둠을 손에 넣을 수 있을지를.

―✦―

아스트라 슈나프의 권능은 공허를 떠돌며 언제라도 주인의 부름이 닿기만을 기다리고 있었다.

몇 번의 실패를 반복하며 그라테리아는 죽음의 권능을 연구했다. 그리고 결론을 얻었다.

'내가 그자를 대신해 죽음의 주인이 된다면 가능하다.'

자격을 얻게 되면, 권능 역시 굴복하리라.

방법을 찾았으니 바로 행했다. 또다시 미래로 돌아가 새로 시작했다.

이번엔 멸망의 시대를 세심하게 골랐다.

가장 첫 번째, 가장 최초로 카르나크가 세상을 어지럽힌 그 시점이었다.

이번에도 핏빛 비석으로 향했다. 그리고 이번엔 여태까진 신경 쓰지 않았던 부분으로 시선을 돌렸다.

카르나크를 대신하며 죽음의 주인이 되려면 그의 것을 강탈해야 할 터.

사령왕의 영혼은 시공 저편으로 사라졌지만 그의 육체는 현세에 남아 있을 것이었다.

이를 그라테리아가 차지한다면 충분히 자격의 일부를

손에 넣을 수 있으리라.

계획은 시작부터 어긋났다.

사령왕의 육체가 남아 있지 않았다.

'어째서?'

잠시 당황했지만 이내 답을 찾았다.

아스트라 슈나프가 된 카르나크는 영기의 육체를 지니고 있었다. 육체마저 함께 시공 회귀하여 버려진 아스트라 슈나프와 융합된 것이다.

"이런……."

곤란해하는 그의 눈에 또 다른 육신이 비쳤다.

카르나크와 함께 시공 회귀한 자, 데스나이트 로드 바로스의 버려진 육체였다.

'저것도 가능하겠군.'

로드 바로스는 사령왕의 최고 심복이자 카르나크가 유일하게 마음을 허락한 자.

바로스의 운명을 강탈한다면 어느 정도 조건을 채울 수 있으리라.

그라테리아는 사룡의 육신을 버렸다. 그리고 회색빛 피부의 시체에 깃들었다. 그렇게 데스나이트 로드, 바로스가 되었다.

물론 이것만으로는 여전히 부족했다. 이 정도로는 아스트라 슈나프가 그를 주인으로 인정할 리 없었다.

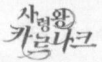

그래서 세상을 개변시켰다. 그가 지켜 왔고, 앞으로도 지켜야 할 세상에 법칙을 강제했다.

세계에 깊게 새겨진 사령왕의 진명이 변해 간다.

제스트라드의 카르나크가 제스트라나크로, 테스트라나크로, 테스라나크로, 그리고 마침내 테스라낙으로까지.

용황제 그라테리아의 운명을 버리고 그는 테스라낙이 되었다.

사령왕에게 가장 가까운 자의 육체를 입고, 사령왕에게 가장 가까운 이름을 얻은 것이다.

이름을 찬탈하는 것은 운명을 찬탈하는 것.

모든 죽은 자들의 운명이 그의 손에 들어왔다.

이제 그가 이 시대의 사령왕이었다.

더 이상 용황제도 그라테리아도 아닌 자, 테스라낙은 네크로폴리스의 황금 옥좌에 앉아 온 세상의 모든 언데드들에게 고했다.

-사령왕 테스라낙의 이름으로 명하노니, 그대들의 주인을 섬기라.

성공이었다.

3인의 무왕, 3인의 대마법사, 7인의 타락 교황에 4대 총독까지.

네크로피아 제국의 모든 언데드들이 그의 지배하에 들어왔다.
　세상이 개변되며 모두의 역사 역시 따라 바뀌었다.
　테스라낙이야말로 진정한 사령왕이며, 그가 이룬 모든 것이 바로 현세를 이루고 있는 이 지옥이었다.
　이제 아스트라 슈나프의 힘을 거두면 된다.
　죽음의 신이 되어 과거로 향한 뒤, 카르나크의 존재를 지우고 새로운 미래를 창조하면 된다.
　원인이 사라지면 결과도 사라질 터.
　시공의 구멍을 뚫을 사령왕 카르나크가 없으니 세상도 더 이상 무너지지 않을 것이다.
　비록 언데드가 창궐하는 죽은 세계일지언정 계속 존속할 수 있을 것이다.
　비로소 성공했다고 생각한 테스라낙은 기쁜 마음으로 아스트라 슈나프가 위치한 공허로 향했다.
　그리고 명했다.

　-죽음이여, 그대의 주인에게로 돌아오라!

　또 죽었다.
　아스트라 슈나프는 그를 주인으로 인정하지 않았고, 강대한 죽음의 권능은 사령왕의 운명을 강탈한 정도로 감당

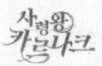

할 수 있는 것이 아니었다.
 그렇게 또다시 멸망의 시대.
 로드 바로스의 육신에서 눈을 뜬 테스라낙은 절규했다.
 "대체 왜! 이번엔 뭐가 문제인 거냐!"

 새끼 드래곤으로부터 투영되는 기억을 살피며 카르나크 일행은 연신 탄식을 터트렸다.
 "와……."
 "아이고……."
 "맙소사……."
 뭐랄까, 예상했던 것과는 전혀 다른 이야기였다.
 하지만 묘하게 그러면 그렇지 하는 느낌도 든다.
 "그러니까 결국은……."
 카르나크를 돌아보며 세라티가 눈을 흘겼다.
 "또 카르나크 님 탓이었다는 거네요?"
 옆에서 바로스도 연신 고개를 끄덕인다.
 "역시 우리 도련님, 뭘 해도 크게 저지르시는구만요."
 어깨를 움츠리며 카르나크가 변명을 흘렸다.
 "아니, 나도 저렇게까지 될 줄은 몰랐거든?"
 목소리기 은근히 작아지는 것이, 본인도 꽤나 켕기는 것 같긴 하다.

 라피셀은 그런 카르나크를 말없이 바라보았다.

 '카르나크 님이 미래인, 그리고 사령왕……'

 어쩐지 놀랍지 않다. 납득이 가기도 한다.

 그동안 여러모로 수상쩍은 정황 자체는 사실 많았으니까.

 그렇게나 노골적으로 사령술 관련 술법을 펑펑 써 댔는데? 워낙 봐 온 것들이 많다 보니 이제 와서 정체를 까발려도 그렇게나 큰 충격은 없다.

 그저 신경 쓰이는 것은 머릿속에서 울리는 또 하나의 목소리.

 '어찌 그가 변한단 말인가?'

 이 목소리만이 그녀를 동요시킬 뿐.

 '진정 그는 변할 수 있는 자였나?'

 라피셀은 고개를 저었다.

 과거야 어찌 되었건 그녀가 본 카르나크는 세상을 위해 움직이는 자였다.

 물론 이건 라피셀만의 감상이고, 다른 일행은 '결국 저 인간이 모든 일의 원흉이잖아!'라는 표정으로 카르나크를 쏘아보고 있다.

 사방에서 쏟아지는 시선을 피하며 카르나크가 새끼 드래곤을 돌아보았다.

 "하여튼, 어째서 그라테리아가 테스라낙이 된 건지는 알겠는데…….”

말하다 보니 영 어색하다.

눈앞의 새끼 드래곤에 갇힌 영혼 역시 그라테리아가 아닌가?

"그 작자가 지금 저 난리를 피우고 있는 이유는 뭡니까, 그래서?"

플로케의 육신을 통해 용황제가 계속 기억을 투영했다.

"마저 보아라."

테스라낙은 고민에 빠졌다.

대체 자신이 무엇을 간과했는지 파악해야 했다.

도무지 답이 나오지 않았기에 계속 공허로 향했다. 계속 아스트라 슈나프를 상대하며 애써 이유를 찾았다.

간신히 알아냈다.

왜 자신이 실패했는지.

분명 공허 속 아스트라 슈나프는 시간의 흐름을 초월해 존재했다. 하나 그 권능이 바라보는 방향은 정해져 있었다.

'저 죽음은 과거에 속해 있다.'

카르나크는 과거로 향한 뒤 자신의 권능을 버렸다. 권능을 버린 뒤 과거로 향한 게 아니었다.

그러니 미래의 사령왕인 테스라낙에 자격이 있을 리 없지.

'카르나크, 그자가 과거부터 행해 온 악의 운명까지 모조리 내 것으로 만들어야 한다.'

하지만 테스라낙이 사령왕이었던 역사는 운명을 조작한 것일 뿐 실존하는 것이 아니다.

이를 해결하기 위해선 테스라낙만이 과거에서 현재와 미래로 이어지는 유일무이한 사령왕이 되어야 한다.

모순이었다.

사령왕 테스라낙이 존재하지 않는 시대에, 사령왕 테스라낙이 존재해야 하는 것이다.

어떻게 해야 이것이 가능할까?

"그렇군, 과거의 한 시점에 사령왕 테스라낙의 존재를 직접 투사하면 되겠어."

과연 사령왕의 권능을 지닌 채 과거로 이동할 수 있을까?

가능하다. 영혼에 권능을 직접 담아 시공 회귀하면 된다.

실제 사례도 있다.

공허를 떠도는 아스트라 슈나프를 과거의 시점으로 끌어내려 죽음의 신으로 돌아간 카르나크의 경우가 바로 그것이다.

여태 카르나크가 저런 상황을 피한 이유는 어디까지나 생육신을 유지하기 위해서였지, 방법이 없어서가 아니다.

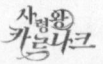

물론 테스라낙에겐 생육신에 대한 갈망 따위 없었다. 얼마든지 스스로를 바칠 수 있었다.

일단 사령왕으로서 과거에 고정된 뒤 주인의 자격을 얻으면 아스트라 슈나프도 그의 의지를 따를 터.

곧바로 영혼에 어둠을 담아 시공 회귀를 시도했다.

"이번에야말로 기필코 세계를 구하리라!"

또 실패했다.

다만 이번엔 실패의 원인이 카르나크가 아니었다.

과거의 자신, 용황제 그라테리아였다.

"미래의 나여, 이 무슨 어리석은 폭거인가?"

예전과 다르게, 테스라낙이 회귀를 시도하자마자 곧바로 알아차리고 강림을 막은 것이다.

용황제로서는 당연히 해야 할 일이었다.

이미 테스라낙으로 변질되어 버린 그는 틀림없이 온 세상을 죽음으로 뒤덮으려는 사령왕, 곧 세계의 적이었으니까.

강대한 수호자의 권능이 테스라낙을 시공 저편으로 추방해 버렸다. 하지만 그는 실망하지 않았다.

이미 너무나 많은 실패와 실망을 겪었기에 그저 침착하게 상황을 파악해 나갈 뿐.

"열쇠를 꽂기도 전에 들통나 버렸군."

그래서 문을 열지도 못하고 쫓겨났다.

하지만 일단 열쇠를 꽂기만 하면, 그 후엔 안에서 문을 못 열게 버틴다 해도 힘으로 열쇠를 돌린 뒤 비집고 들어갈 수 있다.

과거의 자신에게 깃들 수만 있다면 그 후엔 강제로 영육을 빼앗을 수 있다는 의미였다.

문제는 어떻게 해야 용황제의 감시망, 통찰의 용안을 속이고 열쇠를 꽂느냐는 것인데…….

"먼저 그럴 수 있는 판부터 깔아야겠구나."

테스라낙의 입가에 비열한 미소가 떠올랐다.

어느새 그는 사령왕처럼 생각하고 있었다.

―◆―

더 이상 과거의 그라테리아는 테스라낙을 미래의 자신으로 여기지 않는다. 보자마자 적으로 인식하고 배제하려 든다.

그러니 테스라낙이 직접 움직일 수는 없다.

어찌해야 할까?

'나무는 숲에 숨기는 법이지.'

사령왕이 된 테스라낙이 시공을 건너뛰어도 눈치채지 못할 만큼, 과거의 세상이 죽음과 어둠으로 물들어 있을 필요가 있었다.

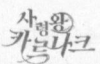

'일곱 여신의 신앙부터 죽여야 한다.'

눈에는 눈, 이에는 이.

신앙을 죽이기 위해선 신앙을 무기로 삼는 것이 가장 효율적이다.

이를 위해 수하들부터 먼저 과거로 보내기로 마음먹었다.

사령왕의 운명을 지닌 채 강림해야 하는 테스라낙과 달리 그의 수하들은 영혼만으로 움직일 수 있다. 그 정도면 통찰의 용안에도 걸리지 않을 것이다.

저들이 또 다른 신앙을 세워 7여신교에 대항한다면 세상을 어둠으로 물들일 수 있으리라.

'그런데, 나 말고 저들을 시공 회귀시킬 경우 어떤 일이 생길지 모르겠구나.'

어설픈 영혼을 보내 봐야 신뢰할 만한 결과가 나올 리 없었다. 확실을 기하려면 최소 무왕이나 대마법사급의 존재를 통해 시험해야 했다.

그런 의미에서 부서진 시프라스의 무왕, 라피셀 크로테움은 매우 훌륭한 실험체였다.

갈기갈기 찢어진 그녀의 영혼을 억지로 기워, 끔찍한 고통 속에서 다시 하나로 합쳤다.

예전의 그라테리아라면 결코 이런 잔혹한 행위를 행하지 않았겠지.

하지만 테스라낙은 문제를 느끼지 못했다.

한 가지 목표만을 향해 달려가며 너무도 많은 것을 포기한 그였다. 과거의 용황제는 이미 너무도 변해 있었다.

"가라, 강인한 영혼이여."

무한의 고통 속에서 라피셀의 영혼은 무사히 과거로 보내졌다. 테스라낙 역시 자신의 계획이 실현 가능하다는 사실을 확인했다.

만족스러워하며 그는 수하들을 불렀다.

네크로피아 제국의 수뇌부, 3인의 무왕과 3인의 대마법사, 7인의 타락 교황 등이 모두 모였다.

저들이 과거로 돌아가 검은 신의 교세를 펼쳐 용황제의 눈을 속이면, 테스라낙 역시 무사히 시공을 뛰어넘을 수 있을 터.

하나 이대로는 조금 부족한 부분이 있다.

새로운 신흥 교단이 오래된 7여신교를 빠른 시간 내에 능가하려면 그만큼 월등한 능력이 있어야 하는 것이다.

용황제의 지혜를 동원해 새로운 술법을 창안했다.

원래는 섞일 수 없는 오러와 마나, 신성력과 사령력을 공존하게 만드는 수법이었다.

이를 위해 마나를, 오러를, 신성력을 담당할 자들도 정했다.

대마법사 엘레자르, 무왕 드렐타인, 태양의 교황 제덱스.

저들이 과거로 돌아가 사령력을 손에 넣으면 새로운 수

법도 충분히 구사할 수 있으리라.

모든 준비를 마친 뒤 저들을 과거로 보냈다.

"가거라, 나의 종들아."

문제점을 깨달은 것은 그 직후였다.

"이런……."

라피셀을 보낼 때만 해도 미처 몰랐다. 하지만 3인을 더 보낸 시점에서 시공의 요동이 너무 커져 버린 것이다.

이 정도가 한계였다.

여기서 더 시도하면 용황제가 눈치챌 게 뻔했다.

혹시나 모르고 넘어가지 않을까 하는 기대 따위 할 수도 없었다. 과거의 자신이 어떻게 반응할지 가장 잘 아는 이가 바로 테스라낙이었다.

"이대로는 안 되겠군."

남은 수하들의 시공 회귀는 보류했다. 의아해하는 이들에겐 여신의 힘 때문이라고 대충 둘러댔다.

그가 테스라낙이 되는 바람에 더 이상 용황제를 아는 이가 존재하지 않는 것이다.

테스라낙이 바로스의 육체를 차지한 시점에서, 카르나크가 아닌 바로스가 사령왕이 된 것으로 모두의 기억이 변해 버렸듯이.

그렇게 다른 방법을 찾아보려 했다. 하지만 또 문제가 생겼다.

시간이 부족했다.

이제까진 곧바로 시공 회귀를 시도했으니 괜찮았는데 이번에는 회귀 전에 방법을 찾아야 한다.

멸망이 코앞까지 닥친 시대였다. 느긋하게 연구나 하고 있을 틈이 없었다.

테스라낙은 일단 시간부터 벌기로 했다.

그리고 스스로를 무한의 공허로 던져 넣었다.

―◆―

공허를 떠돌며 방법을 찾아 헤맸다.

무한의 시간 속에서 조금씩 해답이 보였다.

'우선 과거의 세계를 사령왕의 어둠으로 물들인다.'

테스라낙은 공허 속 죽음의 권능, 아스트라 슈나프에게 접근했다.

주인으로 행세하는 것이 아니라 그저 다가갈 뿐이라면 아스트라 슈나프도 별 반응을 보이지 않았다.

마치 졸고 있는 황소와도 같다.

고삐를 매어 끌고 가려 하면 광포하게 날뛰지만, 털을 고르는 정도는 신경 쓰지 않는다.

거대한 나무 형상을 한 죽음의 권능에 다가가 어둠의 일부를 빼돌렸다. 그리고 그것을 취해 자신의 것으로 바꾼 뒤 시공 저편으로 뿌렸다. 그냥 뿌렸다간 알아서 카르나크에게 돌아가 버릴 테니 반드시 필요한 행위였다.

과거의 세계에 사령왕의 어둠이 옅게 깔렸다.

용황제의 눈을 속이기엔 터무니없이 부족하지만, 테스라낙을 섬기는 신앙을 세우기엔 충분한 양이었다.

이후 먼저 시공 회귀한 3인이 계획을 실행했다. 검은 신의 교단을 만들고 대륙을 어둠으로 물들여 갔다.

그 와중에 혹시 생길지 모를 카르나크의 개입도 최대한 차단했다.

영지 내의 구리 광산을 발견케 하고 옆 영지와의 전투를 통해 가족들도 싹 다 죽인 것이다.

카르나크에게 몇 없는, 그가 무사히 늙어 죽었던 인생이었다. 이를 다시 한번 시도해 그가 최대한 세상에 관심을 갖지 않도록 했다.

그럼에도 아직 부족했다.

이대로 비밀 결사로서 검은 신의 교단을 키워 7여신교를 능가하는 대륙 제일의 신앙이 되려면 대체 얼마나 걸릴까?

계산해 보니 아무리 낙천적으로 잡아도 족히 100년은 걸릴 듯했다.

안 된다.

그 전에 카르나크가 늙어 죽어 버린다.

그뿐인가? 저 긴 시간 동안 카르나크에게 무슨 일이 생길지 모른다.

혹여 그가 죽음의 위기에 처하기라도 한다면?

저 인간이 죽기 전에 무슨 선택을 하는지는 이미 몇 번이나 보았다.

모든 전력을 동원해 최대한 빠르게 검은 신의 교단을 키워야 했다. 그래야 악몽이 반복되는 것을 막을 수 있었다.

테스라낙은 나머지 수하들까지 과거로 시공 회귀시킬 방법을 열심히 찾았다.

'어떻게 하면 과거의 내 눈을 속일 수 있을까?'

문득 그는 한 가지 사실을 깨달았다.

과거의 자신이 저질렀던 최대의 실수.

그라테리아였던 시절의 그는 카르나크가 사령왕으로서 세상을 어지럽힐 때도 미처 일어나지 않았다.

그 정도는 세계의 위기가 아니라고 보았기에.

'즉, 용황제는 이 시대에 속한 사령왕의 존재는 경계하지 않는다.'

그가 예민하게 테스라낙을 경계하는 이유는 어디까지나 테스라낙이 타락한 미래의 자신이기 때문이다.

'그자로부터 사령왕의 운명을 추출해 복제하면 용황제를 속일 수 있다.'

추출하는 방법도 알아냈다.

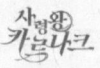

수하들이 용 마력을 지니게 한 뒤 카르나크에게 죽임을 당하게 만들면 된다. 그리고 그들의 용 마력을 거두어 복제하면 사령왕의 운명을 추출할 수 있다.

다만 수하들은 드래곤이 아니니 저들에게 용 마력을 거둘 순 없다.

대신 오러와 마나, 신성력을 대표하는 자들이 각자 카르나크에게 죽음의 세례를 받은 뒤 이를 융합하면 결과는 같을 터.

물론 사령왕의 운명을 복제한다 한들 테스라낙 자신이 직접 강림할 순 없다. 그러기엔 그의 존재감이 너무 크다.

하지만 운명을 복제한 그의 일부, 즉 화신이라면 용황제를 속여 수하들만 시공 회귀시키는 것은 가능하다.

테스라낙은 기뻐했다. 드디어 방법이 보였다.

'이제 화신을 만들기만 하면 되겠군.'

수많은 옛 지혜를 지닌 그였다. 화신을 만드는 방법 정도는 이미 알고 있었다.

자신의 영혼 일부를 지성체에게 부여하고 걸맞은 기억과 지성을 주입하면 된다.

문제는 공허에 위치한 테스라낙이, 손이 닿지 않는 과거의 시간대에 화신을 만들어야 한다는 부분.

자신의 영혼 일부를 찢어 사령왕의 운명을 복제한다 해도, 그 영혼의 파편을 과거의 시간대로 보내는 과정에서 용황제에게 들통나는 것이다.

'어쩌지?'

간신히 해결책을 찾아냈다.

과거에 속한 권능을 따로 만든 뒤 공허 속 영혼 파편을 맞이하게 하면 된다.

'검은 신의 교세를 통해 신앙을 모아 은총으로 바꾼 다음, 이를 감당할 만큼 강력한 인간에게 깃들게 하면 되겠군.'

이렇게 하면 은총은 과거에 속해 있으니 그 은총으로 눈을 뜬 화신 역시 과거에 속하게 되겠지.

계산해 보니 흡족한 결과가 나왔다.

이대로라면 과거의 시공에 닻을 내려 미래인의 영혼을 용황제에게 들키지 않고 시공 회귀시킬 수 있었다.

'좋아, 이제는 충분한 양의 은총을 모으기만 하면 되겠…….'

순간 테스라낙은 당황했다.

"……어?"

이를 실행하기엔 심각한 문제가 하나 있었다.

저 은총을 모으는 조건이, 검은 신의 교단이 교세를 크게 넓혀 대륙에서도 손꼽히는 교단이 되어야 한다는 점이었다.

모순이다.

수하들을 과거로 회귀시키려면 은총을 필요로 하는데,

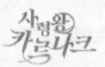

그 은총을 충분히 모으려면 수하들이 과거로 회귀해야 하는 것이다.

세계의 수호자는 한탄을 터트렸다.

"무슨 문제가 이리도 끊임없이 터진단 말이냐?"

문제가 터진다.

간신히 이를 해결한다.

또 문제가 터진다.

또 이를 해결하기 위해 재차 방법을 찾아 헤맨다.

지친다. 무한히 쳇바퀴를 돌리는 쥐가 된 기분이다.

회한이 느껴진다.

-정말 이렇게까지 할 가치가 있을까?

설령 아스트라 슈나프의 권능을 찬탈해 테스라낙이 새로운 죽음의 신이 된다 한들 세계가 원래대로 돌아가는 것도 아니다.

사령왕의 운명을 따라야 한다. 그래야 저 죽음의 권능이 계속 그에게 귀속된다.

멸망의 시점까지 카르나크가 행했던 모든 죄악을, 정해

진 역사에 따라 고스란히 실행해야 한다는 의미다.
 정말 이렇게까지 해 가면서 이 세계를 지켜야 하나?
 어차피 남는 것은 죽음으로 가득 찬 세계일 뿐인데?
 모든 생명체를 죽이고, 언데드로 일으키고, 사기와 탁기로 세상을 뒤덮는 것이 정녕 세상을 지킨다고 할 수 있을까?
 유혹이 느껴진다.

 -차라리 깔끔하게 세상이 없어지는 쪽이 낫지 않을까?

 비참하게 썩어 문드러지기 전에, 가장 아름다울 때 테스라낙 자신의 손으로 불살라 버리는 쪽이 오히려 세계를 위한 게 아닐까?
 그때마다 테스라낙은 흔들리는 각오를 다잡았다.
 '포기할 순 없다.'
 이건 생명의 사고방식일 뿐, 세계의 사고방식이 아니다.
 '포기해선 안 된다.'
 그는 생명의 수호자가 아니라 세계의 수호자이니.
 '내겐 포기할 자격이 없다.'
 어떻게든 수하들을 몰래 과거로 보낼 방법을 연구했다.
 그렇게 나온 절충안이 바로 역시공 초월체 계획이었다.
 네크로피아의 4대 총독처럼, 과거에도 언데드였던 자들은 시공의 한 시점을 정하지 않고 회귀시켜도 무탈하다는

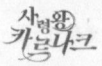

사실을 알아냈다.

과거로 돌아간 저 아크 리치들을 이용하면 들키지 않고 시공의 닻을 만들어 낼 수 있는 것이다.

그 시공의 닻이 있다면 무왕과 대마법사 들 역시 용황제의 눈을 속인 채 과거로 돌아갈 수 있으리라.

여러모로 불안한 부분이 많은 계획이었지만 달리 선택지가 없었다. 테스라낙은 4대 총독을 불러 과거로 보냈다.

여기서 예상치 못한 사건이 일어났다.

제일 먼저 과거로 회귀한 뎀피스가 힘을 키운 카르나크와 얽히며 시공의 뒤틀림이 생긴 것이다.

영지를 부자로 만들고 가족들까지 싹 처리해 주었음에도 저 간악한 사령왕은 여전히 힘을 야금야금 회복하고 있었다.

딱히 놀랍진 않았다. 원래 그런 놈이었다.

애초에 카르나크가 사령술을 포기할 수 있는 성품이었다면 세상이 이렇게까지 되지도 않았겠지.

시공이 뒤틀리며 원인과 결과가 바뀌었다. 아직 창조하지 못한 기물이, 앞으로 창조해야 할 시공을 뛰어넘어 존재하게 되었다.

역시공 초월체를 손에 넣은 카르나크는 이내 그 본질을 꿰뚫었다. 과연 진정한 죽음의 주인다웠다.

불완전했던 역시공 초월체가 그로 인해 완성되었다. 그

리고 그 지혜는 공허의 테스라낙에게까지 전해졌다.

 힘을 얻은 테스라낙은 계속해 계획을 진행시켰다.

 역시공 초월체로 수하들을 계속 과거로 보내 교세를 넓히며, 은총이 일정 수준 이상까지 도달하면 사령왕의 운명을 훔쳐 화신을 이 시대로 보낸다는 계획이었다.

 물론 모든 것이 수월히 진행되진 않았다.

 카르나크는 계속 그의 운명을 가로막았고, 그때마다 계속 계획을 수정해야 했다.

 그럼에도 테스라낙은 쉬지 않고 움직였다.

 알고 있다.

 이대로 세상을 구한다 해도 그것은 죽은 세계일 뿐이라는 것을.

 설령 계획이 성공한다 해도 자신의 손으로 이 세상을 한번 죽여야 한다는 것 또한.

 하지만 그 이후에는, 끔찍한 재앙이 온 세상에 퍼진 후에는…….

 '죽어 버린 세계에도 새로운 생명의 씨앗이 싹트겠지.'

 그렇다면 만족할 수 있다.

 '이번만큼은…….'

 죽음을 품은 그는 영원히 지옥을 거닐게 되겠지만, 되살아나는 세상을 보며 기뻐할 수 있다.

 '이번만큼은 반드시…….'

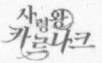

테스라낙은 다짐을 굳혔다.
'세계를 구해 내고야 말겠다!'

"……이후는 그대들도 겪은 일들이다. 대충은 알고 있겠지."

새끼 드래곤이 기억을 거두었다.

"자, 이것이 테스라낙의 진실."

카르나크 역시 술법을 거뒀다. 동굴 주위가 다시 어둠에 휩싸였다.

현세의 용황제가 조용히 물었다.

"어찌 생각하는가?"

모두의 시선이 카르나크에게로 향한다.

"어, 그러니까……."

저 인간을 죽여도 세계 멸망이고, 살려도 세계 멸망이며, 봉인해도 세계 멸망, 내버려 둬도 세계 멸망이란 소리?

어이없어하며 레번이 뇌까렸다.

"지금이라도 테스라낙을 도와야 하는 거 아닙니까, 이래서야?"

하지만 테스라낙이 죽음의 신이 되면 온 세상이 죽음의 땅으로 바뀌는 결과를 낳을 뿐이다.

"그것도 좀……."

"대체 어떻게 하라는 거야, 그럼?"

다들 당혹해할 수밖에 없었다.

테스라낙을 어떻게 막아야 할지, 그를 어떻게 물리치고 세상을 구할지만 생각하고 있었다.

그런데 정작 세상을 구하려는 쪽이 바로 테스라낙이었고 평소 밥 타령이나 하던 저 작자가 세상을 멸할 존재라고?

카르나크가 머리를 긁었다.

"일단 나로선 선택의 여지가 없구만, 이거."

테스라낙이 아스트라 슈나프의 권능을 손에 넣는다면 제일 먼저 할 일이 바로 원래 주인, 카르나크를 영혼까지 소멸시키는 일일 테니까.

그는 무조건 테스라낙을 해치워야 한다. 그러지 않으면 자신이 끝장난다.

밀리아가 조심스레 물었다.

"그런데요, 저건 어디까지나 아직 일어나지 않은 미래에 불과하지 않나요?"

이제 카르나크 역시 자신이 시공 회귀를 시도하면 남은 세상이 소멸한다는 것을 알게 되었다.

"그런데도 과연 저지르실까요?"

백 년 심복 바로스, 카르나크를 오래 봐 온 레번과 세라티가 고개를 갸웃거렸다.

"도련님이요?"

"당연히 그러지 않을까요?"

"그러고도 남을 것 같은데……."

비교적 최근에 권속이 된 드렐과 디오스에게도 딱히 긍정적인 대답이 나오진 않았다.

"지금이야 그렇게 생각하지 않겠지만……."

"사람 마음이란 게 닥치기 전엔 어찌 될지 모르는 법이긴 하지."

평소라면 곧바로 카르나크 편을 들었을 라피셀은 오히려 조용했다.

아무래도 이 상황 자체가 혼란스러워 그런 듯하다.

그라테리아가 쓴웃음을 지었다.

"실은 그런 미래도 있었느니라. 전부 보여 줄 수 없었을 뿐이지."

무수한 실패 속에서 온갖 시도를 다 해 본 테스라낙이었다.

당연히, 카르나크에게 시공 회귀하면 세계 멸망이니 제발 하지 말라고 바짓가랑이 붙잡고 애원도 해 봤다.

그럼에도 가차 없이 저지른 것이다.

카르나크도 고개를 끄덕였다.

"하긴, 내 입장에서는 무조건 이대로 살다가 죽기 전에 또 회귀하는 게 최선이긴 하지."

세상이 멸망하거나 말거나 알 게 뭔가?
이미 자신은 과거로 돌아가 새로운 삶을 살고 있을 텐데.
그러자 세라티가 물었다.
"그럼 저희들은요?"
"응?"
"남은 저희는 모두 멸망 속에서 죽어 가겠네요?"
카르나크의 안색이 살짝 굳었다.
이젠 그에게도 제법 소중한 이들이 생긴 것이다.
세라티, 라피셀, 그 외 다른 권속들까지.
시공 회귀한다는 것은 저들 모두를 세계 멸망 속에 방치하는 행위다.
"세라티 말이 옳아."
카르나크는 생각을 고쳐먹었다.
그는 바뀌었다. 더 이상 사령왕 시절처럼 자신만 아는 이가 아니었다.
저들을 버릴 순 없다.
"다 같이 데리고 시공 회귀하면 되겠군!"
세라티의 표정이 팍삭 구겨졌다.
"아, 사고방식이 그따위로 돌아가시는구나?"
하긴, 테스라낙의 기억을 떠올려 보니 그 무수한 시공 회귀 중에도 바로스만큼은 매번 칼같이 데리고 갔었다.
어이없어하며 그녀가 비아냥댔다.

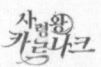

"그냥 지금 당장 카르나크 님이 자살하시면 안 될까요? 아스트라 슈나프가 되신 다음 아무 짓도 안 하면 만사 해결인데……."

물론 저게 말도 안 되는 이야기란 건 잘 알고 있다.

저 무한의 지옥이 싫어 모든 걸 버리고 회귀한 카르나크가 아닌가?

애초에 그가 선하고 악하고가 문제가 아니었다.

막상 죽음을 앞에 두면 어떻게든 살 방법을 찾으려 하는 것이 인간의 본성이다. 삶을 포기했다 해서 비난할 순 없다.

"어휴, 테스라낙의 고뇌가 절로 이해가 가네요."

한동안 적막이 흘렀다. 다들 생각할 것이 많은지 입을 열지 않았다.

문득 디오스가 침묵을 깼다.

"오래된 분이여."

새하얀 새끼 드래곤을 돌아보며 질문을 던진다.

"당신께서 지혜를 내려 주실 수는 없습니까?"

"나의 지혜?"

말없이 상황을 지켜보던 그라테리아가 의아해하며 반문했다.

"잊었는가? 테스라낙은 곧 미래의 나다."

그가 내릴 결론이, 곧 테스라낙이 내린 결론이란 뜻이다.

"내겐 다른 방법을 찾을 지혜가 없다. 이미 테스라낙이 증명한 셈이지."

디오스가 재차 물었다.

"그렇다면 어찌 저희를 도우시는 겁니까?"

그라테리아는 플로케의 육체에 빙의해 가면서까지 카르나크 일행에게 상황을 알려 주려 노력했다.

하지만 그가 다른 해결책을 지니고 있지 않다면, 오히려 수호자의 의무를 다하기 위해 테스라낙을 지지해야 하는 것 아닐까?

"내가 그와 다른 점은 지혜가 아니다."

새끼 드래곤이 고개를 도리도리 저었다.

"입장이지."

그라테리아에게 있어 테스라낙의 과거는 아직 오지 않은 미래일 뿐.

"테스라낙은 오지 않은 미래를 위해 눈앞에 닥친 현재를 지옥으로 바꾸려 한다."

현세의 용황제에겐 눈앞의 멸망을 막는 것이야말로 수호자로서의 의무.

"그것이 약속된 종말을 가져온다 한들 말입니까?"

"그렇다, 미래는 확정되어 있지 않으니 그리 행동하는

것이 올바르다."

 단호하게 대꾸한 뒤 용황제는 씁쓸하게 웃었다.

 "다만 그리하여 결과가 좋을 것이냐고 묻는다면, 나 또한 그렇게 생각되진 않는구나."

 설령 테스라낙을 무찌른다 해도, 몇십 년 뒤 죽음을 앞둔 카르나크가 시공 회귀하는 것을 어떻게 막아 낼 수 있을까?

 다들 심각한 표정을 지었다. 심지어 카르나크마저도.

 누군가 인생을 행복하게 살게 해 줄 테니 죽을 때 미련 없이 죽겠노라는 맹세를 요구한다면?

 당장은 맹세할 수 있다.

 현재의 감정은 틀림없이 진심이다.

 하지만 머나먼 미래, 죽음을 눈앞에 두었을 때도 여전히 진심을 유지할 수 있을지는 도저히 장담할 수 없는 것이다.

 아니, 오히려 진심이 아닌 경우가 절대다수겠지.

 인간의 무수한 거짓말 중 처음부터 작정하고 꺼내는 거짓말은 그리 많지 않다. 대부분이 맹세했을 때는 진실이었으나, 시간이 흐르며 퇴색되어 버리는 경우다.

 카르나크가 고개를 절레절레 저었다.

 "솔직히 나도 나를 못 믿겠다, 이 경우엔."

 밤이 깊어 가며 타오르던 모닥불도 점점 꺼져 갔다.

 드렐이 장작을 넣어 불씨를 키웠다.

타닥거리는 소리가 숲을 은은히 메웠다. 사람이 여덟 명이나 모여 있음에도 다른 소리는 들리지 않았다.
　한참 후에야 세라티가 입을 열었다.
　"……테스라낙을 막아야 합니다."
　침착하지만 단호한 목소리였다.
　"그가 죽음의 신이 되어서는 안 돼요."
　흥미롭다는 얼굴로 그라테리아가 물었다.
　"테스라낙이 죽음의 신이 되지 못하면 이 세계 역시 멸망하고 말 텐데도?"
　"예전엔 테스라낙 외에 카르나크 님을 막을 존재가 달리 없었겠죠. 하지만 지금은 우리가 있잖아요?"
　"그대들은 가능하다고 믿는 이유가 있나?"
　딱히 그녀의 의견에 반대하는 것은 아니었다.
　그저 감정적으로 말하는 것인지, 아니면 뭔가 근거가 있는지 궁금했을 뿐.
　"수천 년을 살아온 용황제가 테스라낙이란 존재까지 되어 가며 막아 내려 했지만, 그럼에도 내내 실패한 일인데?"
　세라티도 그 점은 순순히 인정했다.
　"모르죠, 가능할지 어떨지는."
　하지만 한 가지만큼은 확실했다.
　테스라낙에게 더 이상 세상의 운명을 맡길 수는 없다.
　그는 수없이 실패한 자니까.

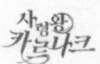

"잔인한 말이 되겠지만……."

세라티의 눈동자 위로 검푸른 빛이 스쳐 지나갔다.

"계속해서 망한 상인에게, 계속해서 사업을 맡길 이유가 있을까요?"

Oh! My Goddess

거대한 드래곤이 제도의 하늘을 뒤덮은 지 한 달째.

테스라낙의 명을 받은 이들이 저마다 검은 신의 군세를 이끌고 온 세상을 유린하고 있었다.

저들의 폭거 앞에 인류와 요정족은 아무 힘을 쓰지 못한 채 짓밟혀야만 했다.

무왕 벨티아와 타락 교황들의 군세만으로도 제국 곳곳이 쑥대밭이 되었다.

두 명의 대마법사, 기옌 렌과 디오그레스 콜론은 황제가 제도를 빼앗기고 피난해야 할 정도로 강대한 전력이었다.

하물며 지금은 그때보다 더더욱 압도적이다.

패배해 현세를 떠났던 무왕 레번 스트라우스와 드렐타인, 대마법사 엘레자르와 타락 교황 제덱스가 다시 돌아왔다.

준비가 되어 있지 않아 여태 시공 회귀하지 못했던 무왕

말리칸 툰 역시 테스라낙의 권능으로 새 몸을 받아 이 시대에 섰다.

3인의 대마법사와 4대 무왕 그리고 타락 교황들까지.

카르나크에 의해 피안으로 건너가 버린 탓에 테스라낙도 되살리지 못하게 된 레오슬라프와 렐피아나를 제외하면, 모든 전력이 완전하게 갖춰진 것이다.

이들의 임무는 세상에 흩어진 종말의 어둠을 다시 모으는 것.

종말의 어둠을 모으는 방법에는 세 가지가 있다.

첫 번째는 이미 어둠을 품은 삼류 사령술사들을 거두어 그 힘을 흡수하는 방식.

어설픈 힘만 믿고 설치던 수많은 사령술사들이 검은 신의 군세에 의해 비참한 죽음을 맞이하게 되었다. 사실 여기까지만 보면 의외로 좋은 일을 하고 있는 것처럼 보일지도 모르겠다.

문제는 남은 두 방법이었다.

두 번째는 자연스럽게 종말의 어둠에 선택되어 그 힘을 얻는 것이다. 이건 말 그대로 운에 맡기는 것이라 시도할 수 없는 방식이다.

그래서 선택한 것이 세 번째.

테스라낙의 이름으로 온 세상에 고통과 죽음을 뿌린다.

그로 인해 종말의 어둠이 넘쳐 나면, 물이 위에서 아래

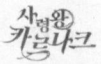

로 흐르듯 저절로 검은 신에게로 향하게 되리라.

선과 악을 구별하지 않는다.

빛과 어둠도 구별하지 않는다.

그저 숨 쉬는 모든 자들을 죽여 거둘 뿐이다. 그것이 설령 같은 어둠에 속해 있는 존재라 할지라도.

무차별적인 지옥도가 펼쳐졌다. 그 누구도 저들의 진군을 막을 수 없었다.

라케아니아 제국 서부의 성채 도시 하르란.

황제의 마지막 보루인 이 요새 역시 전쟁의 겁화에 휩싸이고 있었다.

———

달조차 뜨지 않은 구름 가득한 밤.

낭랑한 여인의 목소리가 적막을 깨부순다.

"가라, 검은 신의 병사들아."

나른하기까지 한 명령과 동시에 대지가 요동친다. 겹겹이 쌓인 시체들이 일제히 움직이며 거대한 움직임으로 바뀐다.

녹슨 검과 방패를 든 해골 병사들, 썩어 가는 손발을 휘두르는 좀비들, 더러운 이빨을 드러내며 달려오는 구울들.

수많은 언데드들이 소리 없는 함성을 내지르며 성벽으

로 다가오고 있었다.

성벽의 제국 기사들이 그 모습을 응시하며 이를 갈았다.

"저주받을 괴물 놈들……."

"대체 언제쯤 이 지옥이 끝난단 말인가……."

언데드들이 개미 떼처럼 성벽에 달라붙어 기어 올라온다. 병사들이 연신 긴 창을 휘둘러 진격을 저지한다. 곳곳에서 비명과 고함이 이어진다.

"막아!"

"으아아악!"

"물러서지 마라!"

뒤이어 성벽 너머로 제국군의 화살이 비처럼 쏟아졌다. 수많은 화살들이 어둠을 가르며 날아가 언데드들을 꿰뚫었다.

놈들은 쓰러지지 않았다.

뼈가 부러지면 부러진 채 전진한다. 살이 꿰뚫리면 꿰뚫린 채 나아간다.

이미 죽어 버린 육신은 화살 따위 아랑곳하지 않는 것이다.

하지만 제국군은 당황하지 않았다. 이들도 이미 수없이 많은 언데드들을 상대해 본 몸이었다.

제국 마법사들이 나서서 주문을 외웠다.

"불이여, 촉 끝에 임하라!"

언데드에게 박혀 있는 화살들이 일제히 불타올랐다. 저 화살들은 어디까지나 화염 주문을 효율적으로 구사하기 위한 촉매였을 뿐, 이쪽이 진짜 공격이었다.

화르르르륵!

불길이 언데드의 뼈와 살을 재로 바꾼다. 너울거리는 화염이 성벽을 타고 넘실거린다. 죽은 자의 비명과 신음이 밤하늘을 진동한다.

"크아아아아!"

"아아아아!"

검은 신의 군대 역시 마냥 당하고만 있진 않았다.

사령술사들이 언데드 대열 후방에서 모습을 드러냈다. 곧이어 검은 포탄이 날아들었다.

어둠의 마력으로 거대한 돌덩이를 연달아 날리는 것이다.

쿵! 쿠쿵! 쿵!

충돌할 때마다 성벽이 크게 흔들렸다. 돌 조각이 떨어져 나가며 파손이 이어졌다.

떨어지는 파편을 피해 병사들이 허겁지겁 몸을 날렸다.

"으악!"

"피, 피해!"

아무리 베고 또 베어도 끝이 없었다. 어둠의 기운은 끝도 없이 피어올랐고, 그때마다 언데드 병사들은 더더욱 흉포해질 뿐이었다.

그럼에도 제국 기사들은 결코 물러서지 않았다.
그들 뒤에 황제가 있었다. 그들 뒤에 제국이 있었다.
그런데 어찌 감히 물러설 수 있단 말인가!?
애써 모두를 독려하며 용기를 끌어낸다.
"언데드를 상대하는 건 이미 익숙하다!"
지평선을 뒤덮는 지옥의 병사들을 노려보며 용맹한 포효를 터트린다.
"제국이여, 영원하라!"
그런 그들의 머리 위로 죽음이 닥쳤다.
날개를 활짝 펼친 수십 마리의 드래곤이었다.
"저, 저건?"
드래곤들이 성채 요새 하르한의 상공을 크게 활공하며 스쳐 지나갔다. 이내 곳곳에서 브레스가 쏟아져 내렸다.
콰콰콰콰콰콰!
아무리 언데드와의 전투에 익숙한 이들이라도 하늘에서 오는 공격까지 익숙하진 않았다.
성채 곳곳에서 피와 비명이 터졌다.
"크억!"
"으아아악!"
그 어떤 용기와 맹세도 전신을 불사르는 고통을 이길 순 없었다. 기사도 병사도 마법사도, 모두 불에 탄 채 사방팔방으로 흩어졌다.

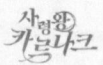

방어 대열이 순식간에 붕괴하고 성벽이 함락되며 죽은 자들의 군세가 성채 내부로 진입해 간다.

그 광경은 성채 밖 들판에서 언데드들을 지휘하던 두 남녀의 눈에도 똑똑히 보였다.

"끝났군."

"그래도 제법 오래 버텼네요."

사이샤의 타락 교황 리게일 혼트와, 테스라낙에 의해 부활한 대마법사 엘레자르였다.

"그런데 정말 우리까지 나서지 않아도 되는 거요?"

"어차피 이기고 있으니까요."

"그래도 너무 시간이 걸리잖소? 이러다 황제가 도주할지도 모르는데……."

문득 엘레자르가 허공으로 손을 들어 올렸다.

"도주하라고 시간을 주고 있는 거랍니다."

손끝으로 검은 기류가 하염없이 모여든다. 이곳에서 죽어 간 모든 이들의 고통과 절망이 종말의 어둠으로 형상화되고 있다.

옅은 미소를 지으며 그녀가 중얼거렸다.

"희망이 남아 있어야 절망도 커지는 법이거든요."

하르란 요새 최심부.

고드프리드 2세는 이마를 짚은 채 한탄하고 있었다.

"천 년 제국이 여기서 끝나는구나……."

이미 방어선은 무너졌다.

성채 내부에서 기사들이 필사적으로 적들의 진입을 막고 있지만 대세는 기울어진 지 오래.

"선조들을 뵐 낯이 없도다……."

절망한 황제를 신하들이 닦달한다.

"이곳은 위험합니다!"

"어서 피신하셔야 합니다, 폐하!"

황제는 고개를 저었다.

"짐이 여기서 어딜 간단 말이냐?"

제도를 빼앗기고 국경 근처까지 쫓겨 온 몸이었다.

여기서 더 도망을 가라고? 반역자들의 나라인 7연합 왕국에라도 의탁하라는 말인가?

신하들의 목소리가 높아졌다.

"폐하께선 만민의 태양이십니다!"

"태양은 지더라도 다시 떠오르는 법이 아니옵니까!"

"살아남아 제국의 구심점이 되어 주셔야 합니다!"

황제의 입가에 비웃음이 떠올랐다.

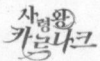

"태양은 무슨……."

그 또한 한 명의 인간일 뿐이다. 부모 잘 만나서 황제 자리를 차지했을 뿐이다.

그런 자신이 무슨 만민의 태양이란 말인가?

"아니면 혹시 화형당하라는 소리를 돌려 말한 건데 짐이 못 알아들었는고?"

황제의 자학적인 발언에 신하들의 말문이 일순 막힐 때였다.

마법사 한 명이 앞으로 나섰다.

"폐하."

파사의 여단 소속 마법사, 스트로노프였다.

진지한 얼굴로, 황제를 똑바로 응시하며 발언한다.

"만민이 폐하를 구심점이라 여기고 있습니다. 딱히 폐하의 능력 따윈 상관없이요."

"뭣이?"

"옥좌에 돌멩이를 가져다 놓아도, 모든 이들이 그것을 왕이라 여길 수 있다면 왕이 되는 것 아니겠습니까?"

황제는 인상을 구겼다.

지나칠 정도로 불경한 발언이었다. 이곳이 제도의 황궁이었다면 당장 사람을 불러 끌어냈을 것이었다.

하지만 이곳은 황궁이 아니고, 저 마법사를 끌어낼 사람도 없다.

불경한 발언이 이어졌다.

"제국의 황제이신 이상, 좋건 싫건 폐하는 만민의 구심점이 될 수밖에 없습니다. 그러니 자격이니 능력이니 하는 사소한 문제는 신경 끄시고 어서 폐하의 의무를 행하시지요."

황제의 표정이 살짝 풀렸다.

듣고 싶지 않은 말이었지만, 동시에 묘하게 지금 상황에서는 그를 편하게 만드는 말이기도 했다.

자격이니 능력이니 따위는 사소한 문제일 뿐.

그는 그저 살아남는 것만으로도 황제의 의무를 다하는 셈이다.

고드프리드 2세가 힘없는 웃음을 흘렸다.

"그래, 짐은 황제, 아름답게 죽을 자격 따윈 없는 직종에 종사하고 있지."

그리고 자리에서 일어났다.

"끝까지 발버둥 쳐 보겠노라."

신하들이 황제를 모시고 집무실 밖으로 향했다. 당장이라도 성채가 함락되기 직전이니 서둘러야 했다.

그들을 따라 발을 옮기며 황제는 상념에 잠겼.

어디로 가야 할까?

그리고 이제 어찌해야 할까?

'대체 이 끔찍한 악몽을 어떻게 막을 수 있단 말이냐······.'

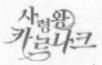

세라티는 결심했다.

"테스라낙을 막아야 합니다!"

다른 일행도 동의했다.

"그래요!"

"테스라낙은 무능한 실패자!"

"더 이상 그런 자에게 세계의 운명을 맡길 순 없어요!"

그저 플로케 속의 용황제만이 애매한 반응을 보이셨을 뿐.

"아니, 저기…… 그 테스라낙이 결국은 내 미래인데, 그가 무능하다고 하면 결국 나도, 쩝……."

하여튼 막아야 한다는 점에 있어서는 그라테리아도 찬성이었다.

진짜 문제는 그다음.

"그래서……."

레번이 그 점을 짚었다.

"어떻게 해야 그를 막을 수 있다는 겁니까?"

세상일이란 게 하고 싶다고 마음만 먹는다고 그냥 되는 건 아니다. 뭔가 제대로 방법을 찾아야지.

수많은 실패를 거듭했다 해서 테스라낙이 별 볼 일 없는 존재가 되지는 않는다.

그는 수천 년을 살아온 최강의 드래곤이며 지상의 모든

용족이 그에게 복종한다. 용황제의 권능만으로도 지상의 그 누구도 감히 범접할 수 없다.

심지어 카르나크조차도 생전에는 어쩌지 못했다. 궁극의 언데드, 아스트라 슈나프가 된 뒤에나 이길 수 있었지.

그런 용황제가 이제는 사령왕의 운명까지 손에 넣었다.

그 강력한 무왕과 대마법사들마저 그의 충실한 수하일 뿐.

지금 먼 미래의 멸망을 신경 쓸 때가 아닌 것이다.

당장 눈앞의 대책이 급선무였다.

세계 최강의 존재가, 세계 최강의 세력을 거느리고, 세계를 죽음으로 물들이려 하고 있는데 대체 어떻게 상대해야 할까?

"혹시나 해서 확인차 여쭙는 건데요, 도련님."

바로스가 은근한 표정으로 카르나크를 돌아보았다.

"자살할 생각은 없으시죠?"

"당연하지!"

사실 테스라낙을 가장 확실하게 막는 방법 자체는 모두가 알고 있다.

결코 해결책이라 할 수 없어서 문제지만.

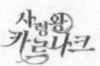

카르나크가 힘을 되찾아 테스라낙을 막아 봐야 약속된 멸망으로 향할 뿐이니 단순한 공멸에 불과하다.

"그래도 도련님 입장에선 이게 가장 베스트 아닙니까?"

현 시점에서 카르나크에게 제일 이득이 되는 행동이 무엇일까?

테스라낙을 이길 수 있을지 어떨지는 확실치 않다. 말하자면 가능성이 크지 않은 도박이다.

심지어 패배의 리스크는 너무도 크다. 도박에서 지면 죽음의 권능을 빼앗기고 완전히 소멸당한다.

그럴 바에야 일단 아스트라 슈나프로 돌아간 다음, 테스라낙부터 처리한 뒤 다시 시공 회귀하는 쪽이 안전하고 확실하지 않을까?

세라티가 화들짝 놀라 바로스를 말렸다.

"옆에서 부추기면 어쩌자는 거예요?"

카르나크가 '어, 그렇네?' 하면서 정말 자살해 버리면 어쩌려고 저런단 말인가?

"어쩌긴요, 우리도 도련님 따라 같이 회귀하면 그만인데."

그녀의 어깨가 축 늘어졌다.

'그래, 이런 놈들이었지.'

그런데 웬일로 카르나크가 거절했다.

"그렇게까지 하고 싶진 않아."

일단 그가 아스트라 슈나프로 돌아간들 곧바로 시공 회

귀를 시도할 수 있는 것은 아니다.

"권능 자체야 충분하겠지만, 술법의 주축이 되는 비석을 만들 재료가 없거든."

시공에 구멍을 뚫으려면 그 시간대에서 비롯된 탁기와 사기를 촉매로 써야 한다. 아스트라 슈나프의 기운만으론 속성이 맞지 않는다.

"지금부터 시작해도 다 모으려면 한 20년쯤 걸릴걸."

그 무감각의 지옥을 몇십 년씩 다시 겪고 싶진 않았다.

그뿐만이 아니다.

저 20년 동안 대체 얼마나 많은 생명체를 죽이고 또 죽여야, 필요한 만큼의 사기와 탁기를 모을 수 있을까?

카르나크가 난처한 듯 머리를 긁었다.

"아무리 나라도 저건 좀……."

지켜보던 세라티의 표정이 살짝 풀렸다.

'예전에 비해선 사람이 되긴 하셨네, 정말?'

바로스도 더 이상 고집을 피우진 않았다.

"뭐, 저야 도련님이 하자는 대로 할 뿐이니까요."

대신 디오스가 의문을 표했다.

"시공에 관한 부분에 대해 여쭈어도 되겠습니까?"

그라테리아가 작은 날개를 파닥거렸다.

"무엇이 궁금한가?"

"테스라낙 역시 세계 멸망을 막는 데 실패하고 과거로

회귀하길 반복했잖습니까?"

대마법사답게 디오스는 보다 이론적인 부분에 호기심을 느끼고 있었다.

"그렇다는 이야기는, 카르나크 공이 아스트라 슈나프가 되어 버리면 테스라낙도 다시 시공 회귀를 시도할 것이란 소리겠지요?"

"그렇겠지."

"그럼 그 시점에서 현재의 시공은 어떻게 되는 겁니까?"

혹여 테스라낙이 회귀한 시점에서 이 시공도 사라지게 되는가?

그렇다면 테스라낙을 무찌른다 한들 멸망이 닥치기는 마찬가지가 아닌가?

"이해가 안 가는 부분은 그뿐만이 아닙니다."

만약 이 시대에서 회귀한 카르나크보다 테스라낙이 더욱 과거로 돌아간다면.

그리고 그 시점이 카르나크의 가장 첫 번째 회귀 시절이라면?

"지금 시공에서 아스트라 슈나프가 되어 시공 회귀한 카르나크 공은 어찌 되는 겁니까? 그 역시 존재치 않던 것이 되어 버립니까?"

그라테리아가 자신 없는 목소리로 답했다.

"적어도 테스라낙은 그리 여기고 있는 것 같더군."

다만 저것이 진실인지 어떤지는 알 수 없다.

어디까지나 테스라낙의 시점에서 벌어지는 일에 불과하니까.

"시공의 흐름에 대해선 나 역시 아는 것이 그리 많지 않다. 이는 미래의 나 역시 크게 차이가 나진 않겠지."

"상황이 닥치기 전에는 모른다는 겁니까?"

"나로선 그렇게밖에 대답해 줄 수 없구나."

디오스가 한숨을 내쉬었다.

"더더욱 테스라낙을 막는 것 외엔 선택지가 없어지는군요."

옆에서 듣고 있던 드렐이 입을 열었다.

"그나마 유리한 점이 하나 있긴 하군요, 우리에게도."

정 테스라낙을 막을 방법이 없어 아스트라 슈나프가 소환되기 직전까지 다다른다 해도 최후의 방법이 남아 있다.

"그때 가서 카르나크 님이 죽음의 권능을 거두셔도 되지 않습니까?"

다른 일행이 고개를 저었다.

"그건 좀······."

"너무 위험한 것 아닌지······."

말은 곱게 했지만 결국 카르나크보고 자살하란 소리다.

자살하면 또 저 인간은 시공 회귀를 노릴 텐데?

하지만 드렐도 나름 생각이 있었다.

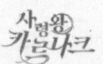

"일단 테스라낙을 해치우면 시간을 벌 수 있습니다. 그럼 시공 회귀 외에 다른 방법으로 삶을 되찾을 방법을 찾아내실 수도 있지 않겠습니까?"

카르나크가 떨떠름한 표정을 지었다.

"글쎄다? 내가 그 방법을 못 찾아서 백 년간 고생하다 결국 시공까지 건드리게 된 거라……."

솔직히 가능성이 거의 없는 의견이다.

게다가 보다 근본적으로 불가능한 이유가 있었다.

테스라낙이 아스트라 슈나프를 소환하는 시점을 정확히 특정 지을 수가 없다.

"정말이지 철저하게 숨기고 있으니까 말이지."

테스라낙에게도 이 상황은 살얼음판을 걷는 것이나 마찬가지다.

왜 그가 그토록 자신을 숨기려 했겠는가?

들키면 카르나크가 자살하거든. 그럼 또 리셋이거든.

그래서 최대한 정체를 숨기고 접촉을 멀리한 채, 어디까지나 세계를 지배하려는 마신으로만 보이려 하는 것이다.

그라테리아도 고개를 끄덕였다.

"애초에 지금의 상황은 그가 원한 것도 아니었다."

원래 테스라낙의 계획은 사령왕으로 강림함과 동시에 어둠의 세계수까지 소환해 둘을 한꺼번에 처리하려는 것이었다. 카르나크 때문에 실패했을 뿐이지.

카르나크가 가슴을 쓸어내렸다.

"어휴, 자칫했으면 그 자리에서 소멸당할 뻔했었네?"

계획이 틀어진 테스라낙은 다시 종말의 어둠을 모으는 신세가 되었다. 제발 카르나크가 자살하지 않기만을 바라면서.

그런 만큼 제도 전역에 자신의 권역을 펼치고 철저하게 바깥의 눈을 막고 있다.

혹시라도 자신이 아스트라 슈나프를 강탈하려 한다는 사실을 카르나크가 눈치챌까 두려운 것이다.

그 탓에 대체 종말의 어둠이 얼마나 모였는지, 아스트라 슈나프가 소환되기까지 얼마나 남았는지도 전혀 파악할 수 없게 되었다.

카르나크가 턱을 매만지며 중얼거렸다.

"한동안은 소환되지 않을 거야. 그 정도야 놈들의 움직임을 보면 알지."

검은 신의 군대가 종말의 어둠을 모으느라 혈안이 되어 있는 것을 보면 아직 시간이 제법 남아 있다는 것은 확실하다.

하지만 정확하게 소환 직전의 시기를 파악할 수 있냐면 그건 아니었다.

"할 수 있는 것 다 해 보고, 그래도 안 되겠다 싶을 때 자살하자? 이런 식으로는 불가능하다는 거지."

미루고 미루다가 타이밍 놓칠 가능성이 훨씬 크다.

"그렇군요."

고개를 끄덕이던 레번이 질문을 던졌다.

"잠깐만요, 혹시 테스라낙은 지금 용황제께서 탈출했다는 사실을 모르고 있다는 건가요?"

저건 그라테리아가 카르나크에게 테스라낙에 관해 알려 주지 않았다는 전제하에서나 성립될 수 있는 이야기다.

"어떻게 그럴 수 있습니까? 미래 디오그레스도 디오스 공의 탈출 자체는 알아차렸다던데요."

그라테리아가 앞발을 들어 자기 자신, 플로케의 육체를 가리켰다.

"그는 모르고 있다, 전부 이 아이의 존재 덕분이지."

카르나크도 말한 바 있다.

이론상 그라테리아는 테스라낙에게 저항할 수 없다고.

용황제의 육체를 차지한 테스라낙은 모든 드래곤의 지배자이며, 사령왕의 운명을 강탈해 모든 언데드의 지배자까지 되었다.

살아서도 죽어서도 그라테리아의 영혼은 갈 곳이 없는 것이다.

"테스라낙은 내가 탈출한 게 아니라 영혼에 녹아들었다고 느꼈을 것이다. 실제로 이 아이가 없었다면 정말 그렇게 되었을 테고."

그라테리아가 안도의 한숨을 내쉬었다.

"그는 자신의 비밀이 들통났다는 사실을 모른다. 그나마 우리가 지닌 유일한 장점이겠구나."

밀리아가 슬쩍 손을 들었다.

"저기요, 장점이 꼭 그것만 있지는 않지 않나요?"

아까부터 듣고만 있었는데, 왜 사람들이 정말 중요한 점을 짚지 않는지 이해가 가지 않는 그녀였다.

"어차피 테스라낙은 카르나크 님을 죽일 수도, 봉인할 수도 없다면서요?"

그럼 그냥 카르나크가 가서 될 때까지 들이받으면 되는 것 아닐까? 어차피 죽이지도 못할 텐데.

그러자 그라테리아, 카르나크, 바로스가 동시에 같은 대답을 했다.

"그렇지는 않다."

"그건 안 먹혀."

"그렇게는 안 되죠."

저들뿐 아니라 다른 이들도 고개를 절레절레 젓고 있었다.

당황해 밀리아가 물었다.

"제가 뭘 잘못 말했나요?"

디오스가 친절하게 설명해 주었다.

"이웃 나라 왕자님이 쳐들어왔다고 생각해 보게."

정치적 문제가 있어 죽일 수는 없고, 명색이 왕자다 보

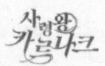

니 감옥에 가둘 수도 없다.

"자네라면 어떻게 하겠는가?"

"어쩌긴요, 그냥 쫓아내서 자기 나라로 돌려보내야…… 어?"

그렇다.

테스라낙은 그냥 카르나크를 제도에서 멀리 쫓아내기만 해도 된다.

심지어 그는 공간도 자유자재로 다룰 수 있다. 털끝 하나 해치지 않고 대륙 끝에 던져 버리기만 해도 문제 해결이다.

적어도 테스라낙에게 맥없이 쫓겨나지 않을 정도의 힘은 지니고 있어야 저게 장점이 될 수 있는 것이다.

밀리아가 시무룩하게 중얼거렸다.

"아, 테스라낙 만만치 않네요."

작은 새끼 용이 날개를 팔락거리며 언성을 높였다.

"당연하다. 아무리 무능하다 해도 그 역시 수천 년을 살아온 용황제, 어찌 만만하겠느냐?"

그 모습에 세라티는 잠시 생각했다.

'……무능하단 소리에 삐치셨나?'

이후로도 이런저런 의견들을 나눠 봤지만 딱히 명확한 답은 나오지 않았다.

일단 카르나크가 늙어 죽을 때의 문제는 미뤄 두기로 하자.

애초에 전제 조건이 너무 까다롭다.

카르나크가 살아 있는 채로 테스라낙을 해치워야 하며, 패배한 테스라낙이 시공 회귀를 시도하지 않도록 후속 조치도 해야 하며, 아스트라 슈나프에 대한 처분도 확실히 해야 한다.

절로 한숨이 나오는 세라티였다.

"뭘 어쩌라는 건지 모르겠네요, 이쯤 되면."

죽음의 세상이 펼쳐지지도 않으면서, 세계가 멸망하지도 않을 방법이 과연 있을까?

설령 있다 한들 그 방법을 찾을 수 있을까?

저 용황제가 테스라낙이 되면서까지 매달렸지만 결국 찾지 못하고 세상을 죽음으로 물들이려 하고 있는데?

그러던 중이었다.

문득 그라테리아가 중얼거렸다.

"그러고 보면 테스라낙의 수많은 실패 가운데서 이번에만 유독 특이한 점이 하나 있구나."

모두의 시선이 새끼 용에게로 향했다.

"특이한 점?"

고개를 끄덕이며 그라테리아가 세라티를 바라보았다.

"그대다."

"저요?"

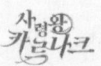

"그렇다, 어쩌면 그대가 해결의 열쇠가 될 수도 있겠어."
놀란 세라티가 눈을 깜빡였다.
"……제가 왜요?"

―◆―

테스라낙이 몰고 온 검은 신의 악몽은 비단 라케아니아 제국의 영역만으로 그치지 않았다.

이들의 목표는 온 대륙의 어둠이니, 제국뿐 아니라 7왕국 연합 또한 대상에서 벗어날 수는 없다.

검은 신의 군대가 바라칸트 산맥을 넘었다. 수많은 드래곤들이 창공을 누비며 그 뒤를 따랐다.

시체를 다루는 검은 신의 교단은 너무도 쉽게 대규모 군세를 만들 수 있다.

이내 무수한 언데드 군세가 7왕국 곳곳에서 창궐했다.

제일 먼저 공격받은 나라는 유스틸 왕국이었다. 제국에서 가장 가까운 곳이었기에 가장 먼저 지옥을 겪어야 했다.

하지만 지옥 속에서 한 줄기 희망은 있었다.

난세는 영웅을 낳는 법.

언데드 군대에 휘말려 무너지는 유스틸 왕국군 앞에 한 사내가 나타난다.

신성한 광휘를 전신에 두른 채 수백의 신관단과 신전 기사들을 이끄는 젊은 성직자였다.
 절망에 차 있던 왕국군 병사들이 환호를 터트렸다.
 "알리우스 님이다!"
 "알리우스 성자님이 오셨어!"
 한 손에 대지의 법전을, 다른 한 손에 칼을.
 "하토바의 이름으로 명하노니!"
 여신의 이름을 외치며 알리우스가 검을 겨눴다.
 "어둠이여, 사그라질지어다!"
 눈부신 빛이 전장을 뒤덮어 갔다.

 지평선 가득 언데드들이 몰려온다. 해골과 시체와 괴물들이 썩은 내를 풍기며 대지를 짓밟는다.
 그 위로 신성한 광휘가 드리워졌다. 빛에 닿은 언데드들이 연기를 피우며 주춤거렸다.
 "크어어……."
 "크아아아!"
 적들의 진군 속도가 조금 느려진다.
 알리우스가 재차 검을 들어 겨눴다.
 "하토바의 이름으로 명하노니! 어둠이여, 사그라질지어다!"

한 줄기 섬광이 선두의 구울을 때렸다. 빛이 썩은 몸통을 관통하며 구울을 산산조각 냈다.

동시에, 또다시 눈부신 빛이 전장을 뒤덮었다.

파아아앗!

알리우스의 신호에 맞춰 일제히 성광을 쏘아 낸 신관단의 공격이었다.

무슨 대마법사도 아니고 알리우스 혼자만의 능력으로 어찌 전장을 성광으로 뒤덮겠는가?

하나 그가 가리킨 곳을 다른 성직자들이 함께 신성 공격을 날리니, 마치 알리우스의 손짓에 따라 빛이 어둠을 쓸어 가는 것처럼 보인다.

"알리움이여!"

"라티엘이시여!"

"저들이 재로 돌아가게 하소서!"

여신의 이름을 부르짖으며 신관들은 눈앞의 언데드 군세에게 빛을 퍼부었다.

신성한 파도가 죽음의 바다를 휩쓸어 가며 정화의 영역을 넓혀 간다.

언데드들에게 쫓기다 간신히 살아난 왕국군 병사들이 환호를 터트렸다.

"알리우스 님이 우릴 구하러 오셨다!"

"다들 포기하지 마라!"

자신의 이름을 연호하는 이들을 보며 알리우스는 안색을 굳혔다. 여전히 익숙해지기 힘든 분위기였다.

'거참, 어쩌다가 이렇게 된 거지.'

그는 분명 뛰어난 성직자였다. 교단을 위해 많은 업적을 쌓기도 했다.

덕분에 1급을 넘어 특급 심문관의 위계를 얻었고, 하토바 교단 내에서도 상당히 높은 지위에 오를 수 있었다.

하지만 지금처럼 하토바와 알리움, 그리고 다른 교단의 생존자들이 모인 7여신교 합동군의 수장이 될 정도는 아니었다. 아직 서른도 안 된 젊은이에겐 있을 수 없는 출세가 아닌가?

어쩔 수 없었다.

현재 합동군에선 알리우스보다 영향력이 큰 성직자가 남아 있지 않았으니까.

원래 심문관들은 자신만의 활동 영역이 뚜렷하게 정해진다. 알리우스도 원칙적으로는 유스틸 왕국 북부가 그의 구역이다.

하지만 그에겐 다른 심문관들과 다른 점이 있었다.

카르나크가 찾을 때마다 자꾸 구역을 벗어나 딴 짓을 해 온 것이다.

제국 가자고 할 때도 좋다고 따라갔지, 스트라우스 가문 처리할 때도 신나서 따라갔지, 그 외에도 이런저런 자질구

레한 사건이 제법 많다.

덕분에 알리우스는 다양한 장소에서 다양한 이들과 안면을 트게 되었다. 딱히 노린 건 아닌데 어쩌다 보니 상당한 인맥을 쌓은 셈이었다.

하토바 교단에서도 그런 알리우스를 주목했다.

그보다 신성력이 높은 신관은 물론 존재한다. 하지만 그들은 알리우스만큼 사교도를 상대해 본 경험이 없다.

알리우스 이상으로 많은 경험을 쌓은 심문관도 물론 있다. 하지만 그들은 알리우스만큼 다양한 인맥을 쌓아 두질 못했다.

그렇다면 그만큼 인맥을 쌓은 성직자는 어떨까?

있긴 있는데, 정치질 하느라 워낙 바빠서 신성력이 그리 높질 않다.

분야별로 뛰어난 이는 분명 존재하지만 종합적인 측면에선 알리우스만 한 이가 없는 것이다.

게다가 알리우스는 성직자치곤 상당히 유명한 자이기도 했다.

원래 신관들은 명성을 그리 내세우지 않는다. 유명세는 속세의 산물이라 이에 연연하는 것은 천박한 행위로 간주하는 탓이다.

그런데 알리우스는 은근히 명성이 높았다.

파사의 마법사, 카르나크 제스트라드의 동료로서.

카르나크가 유명해지는 만큼 그 역시 덩달아 그 수혜를 본 것이다.

하토바 교단은 그런 알리우스를 일종의 얼굴마담으로 내세웠다. 사교도들이 창궐하는 이 시대, 신민들에게 희망과 용기를 줄 존재가 필요했다.

알리우스도 흔쾌히 성무를 받아들였다. 열심히 교단이 시키는 대로 사교도들을 잡고 신민들을 구하며 열심히 살았다.

그런데, 하토바 교단이 망해 버렸다.

펠마이어 왕국에 위치한 하토바의 본산, 이드리스 대신전.

한 달 전 이곳에 정체불명의 한 사내가 나타났다.

아니, 엄밀히 말하면 정체불명은 아니었다. 원래는 제법 재능이 있어 교단에서도 촉망받는 젊은 1급 심문관이었다.

그리고, 몇 달 전 검은 신의 교단과 전투 도중 행방불명이 된 자이기도 했다.

사교도들이 성직자를 노리는 일은 비일비재했기에 그때만 해도 다들 분노할 뿐 딱히 이상하게 여기진 않았다.

하지만 다시 나타난 그는 전혀 다른 사람이 되어 있었다.

자신을 하토바의 교황 버네빌이라 칭하며 무수한 어둠

의 군세를 이끌고 이드리스 대신전을 습격한 것이다.

어이없게도 버네빌은 진실로 대지의 교황이라 칭하기에 어울리는 힘을 지니고 있었다.

그 어떤 사령술사도 따라갈 수 없는 어둠의 권능 또한.

버네빌과 그가 몰고 온 죽음의 군세 앞에 이드리스 대신전은 처참히 불탔다.

당대 대지의 교황, 탈로스트가 버네빌에 의해 여신의 품으로 돌아갔다. 교단의 고위 성직자들 역시 대부분 죽음을 피하지 못했다.

간신히 살아남은 하토바의 신관들은 뿔뿔이 흩어져 후일을 도모했다. 그리고 가장 잘 알려진 유스틸의 알리우스에게로 모였다.

다른 7여신교 교단들도 알리우스를 인정했다. 교황과 고위 추기경들을 대거 잃은 하토바 교단을 이끌 이는 이제 그밖에 없었다.

원래는 얼굴마담이었어야 할 알리우스가 어쩌다 보니 정말 교단의 통솔자가 되어 버린 것이다. 선출 회의를 열지 못하니 교황의 위에 오르지만 못할 뿐이다.

알리우스는 쓴웃음을 지었다.

'나는 그저 사교도들을 열심히 처단하고 싶었을 뿐인데……'

어쨌든 책무를 맡았으니 성실히 이행할 뿐.

알리우스와 합동군은 계속 언데드 군세를 몰아붙였다.

현재 유스틸 왕국군의 잔당을 추격 중이던 검은 신의 군대는 본대에서 차출된 별동대였다. 그리 강력한 전력은 아닌지라 시간이 지날수록 점점 기세가 꺾여 갔다.

결국 패배를 인정한 죽은 자의 군세가 후퇴하기 시작했다. 엄밀히 말하면 사령술사들만 후퇴하고 언데드 병사들은 그냥 여전히 싸우다 박살 날 뿐이지만.

전투는 해가 질 무렵에야 끝났다.

신관들이 부상자를 수습하느라 서두르는 동안 알리우스는 왕국군의 지휘관을 찾았다. 어서 그를 찾아 확인해야 할 부분이 있었다.

패잔병들을 통솔하던 이는 유스틸 왕국 남부 출신의 중년 기사였다.

"덕분에 살았습니다."

알리우스를 향해 그가 감격한 표정으로 고개를 숙였다.

"여기서 알리우스 신관님을 뵙다니, 이것이야말로 하토바님의 자애로운 인도라고밖에는……."

알리우스가 그의 말을 잘랐다.

"묻고 싶은 것이 있습니다."

하토바에 대한 신실함을 보여 주는 것은 참으로 고마운 일이지만 지금은 좀 더 급한 일이 있었다.

"셀라스 대신전은 어찌 되었습니까?"

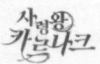

중년 기사가 한숨을 깊게 내쉬었다.
"······무너졌습니다."
곁에 있던 다른 신전 기사들이 당황해 캐물었다.
"벌써?"
"어찌 그럴 수 있습니까?"
달과 정의의 여신, 알리움의 본산인 셀라스 대신전.

어둠과 맞서 싸우는 최전방이자 사령부로서 온갖 강력한 대사령술 결계와 언데드 대항책이 갖춰진 곳이다.

현재 알리우스가 이끄는 합동군도 원래는 셀라스 대신전으로 향하고 있었다. 그곳에서 합류해 마저 어둠과 맞서 싸울 생각이었다.

7왕국 내 여신교단의 중심 중 하나이자, 어둠의 권능에 대해서도 가장 대비가 잘되어 있는 곳이거늘 벌써 무너졌다고?

중년 기사가 힘없이 고개를 끄덕였다.
"네, 한동안은 잘 버티고 있었습니다."
그러더니 갑자기 벌벌 떨기 시작한다.
당시의 상황을 떠올리는 것만으로도 공포가 밀려오는 모양이었다.
"그 끔찍한 악마 같은 여자가 나타나기 전까지는요."
의아해하며 알리우스가 반문했다.
"악마 같은 여자라고요?"

알리우스의 합동군이 왕국군 패잔병을 구하기 사흘 전.

셀라스 대신전은 지옥의 군세에 포위당한 채 힘겨운 전투를 이어 가고 있었다.

초반엔 제법 잘 버텨 냈다.

셀라스 대신전과 주위에 세워진 여섯 여신의 신전들은 서로 연계해 강력한 대사령술 퇴치 결계를 구성하고 있었다.

그 신성한 권능이 좀비나 스켈레톤 같은 하급 언데드들은 다가오기만 해도 순식간에 재로 바꿔 버린다. 수적으로 불리한 상황에서도 밀리지 않고 싸울 수 있는 것이다.

"여신들께서 우리를 지켜 주신다!"

"물러서지 말고 싸워라!"

그러나 검은 신의 군대가 전술을 바꾸자 바로 문제가 생겼다.

먼 하늘에서 펄럭이는 소리가 요란하게 울린다. 이내 수많은 금빛의 존재들이 날개를 펼친 채 날아온다.

병사들의 안색이 창백해졌다.

"저, 저건?"

"……천사들?"

수백에 달하는 광익의 천사들이 대신전 상공을 장악했다. 대신전의 결계에서 또다시 신성한 권능이 솟구쳐 천사

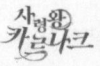

들을 덮쳤다.
 이번에는 통하지 않았다.
 저들이 걸친 황금의 갑주가 성광을 오히려 튕겨 내 버리는 것이다.
 천사들이 하나둘 낙하하기 시작했다. 아름다운 노랫소리가 신전 상공에 울려 퍼졌다.
 아아아아아-!
 신전 기사 한 명이 정신을 차리고 고함을 질렀다.
 "화살! 화살을 준비하라!"
 곧이어 수백 개의 화살들이 천사들을 향해 날아갔다. 하지만 별 쓸모는 없었다.
 천사들이 걸친 갑주가 화살 대부분을 튕겨 내는 것이다. 몇몇 화살이 빛의 날개에 박히긴 했지만 놈들은 아랑곳하지 않고 병사들을 향해 돌진해 갔다.
 곳곳에서 빛의 창이 날아들어 병사들을 꿰뚫었다.
 "으악!"
 "크아아악!"
 사방이 아비규환이었다. 비명과 신음이 울려 퍼졌다.
 정신없이 광익의 천사들을 상대하며 신전 기사들이 처절하게 외쳤다.
 "젠장!"
 "저 천사를 가장한 악마 놈들이!"

멀리서 전장을 지켜보던 갈색 머리칼의 소녀가 빙그레 웃었다. 검은 신의 군세를 이끄는 죽음의 교황, 발레리아 베릴리였다.

"제법 본질을 꿰뚫는 표현이군요."

광익의 천사는 원래 혼돈의 마왕이라는 사령술에 천사 형태의 껍질을 덧씌웠을 뿐이다.

그야말로 천사를 가장한 악마 그 자체.

그녀의 부관인 사령술사 하나가 의아해하며 물었다.

"굳이 이럴 필요가 있습니까?"

어차피 상대를 죽이는 데 사용할 것인데 굳이 천사 껍질을 씌우느라 추가로 힘쓸 필요가 왜 있나 싶다. 성능만 보면 혼돈의 마왕 쪽이 더 강할 텐데?

발레리아는 고개를 저었다.

"천사 형태인 쪽이 여러모로 쓸모가 많으니까요."

광익의 천사는 전신에 황금의 갑주를 두르고 빛의 날개로 움직이고 있다. 내부야 어찌 되었건 외부의 속성은 빛 쪽이란 의미다.

즉, 언데드에게 치명적인 성광이나 성수, 신성술 등이 광익의 천사에겐 크게 위력이 약화되는 것이다.

공격력이 조금 떨어지는 걸 감안하더라도 방어 측면에서 워낙 유리해진다.

납득한 사령술사가 감탄을 흘렸다.

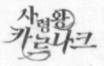

"과연 검은 신의 지혜는 끝이 없군요."

그러자 발레리아가 미묘한 표정을 지었다.

'아니, 이거 원래는 그자의 술법이라고 들었는데…….'

어쨌든 당장 쓸모만 있으면 그만이다.

그녀는 계속 전장을 살폈다.

광익의 천사 군단에 의해 셀라스 대신전의 방어망 곳곳에 구멍이 뚫렸다. 하지만 그럼에도 꽤나 버티고 있다.

더 이상 물러날 곳이 없다는 사실이 저들에게 배수진을 치게 한 듯했다.

"슬슬 결판을 낼 때가 된 것 같군요."

발레리아가 등 뒤를 돌아보았다.

"부탁드려요."

40대의 한 여인이 조용히 대꾸했다.

"기다리고 있었습니다."

그녀는 앞치마를 두른 평범한 농가 아낙의 복장을 하고 있었다. 특이한 점이 있다면 왼손에 투박한 장검 한 자루를 쥐고 있다는 것뿐이었다.

여인이 자신의 오른손을 붙잡고 있는 여자아이를 내려다보았다. 대여섯 살 정도로 보이는 작은 아이였다.

"조금만 기다리렴, 라피셀."

애정 가득한 눈으로 아이를 바라보며 그녀는 오른손을 살며시 뺐다. 그리고 검을 뽑아 들었다.

황금의 오러가 칼날 가득 피어올랐다.
"엄마 잠시 다녀올게."

셀라스 대신전을 둘러싼 수천, 수만의 좀비와 스켈레톤 무리.

검을 쥔 여인이 몸을 날려 좀비 하나의 머리를 밟고 섰다.

가볍게 박차며 앞으로 나아간다. 어찌나 몸놀림이 가벼운지 연신 언데드들을 밟고 지나가는데도 흔들림이 거의 없다.

한 줄기 금빛 섬광이 전장을 길게 가로질렀다. 마치 수면을 스치고 나는 제비처럼 그녀는 수백 미터에 달하는 거리를 삽시간에 좁히고 있었다.

그 모습을 본 기사들의 안색이 창백해졌다.

"황금의 오러!"

"무왕이다!"

당대의 무왕 중 여성은 한 명뿐이니, 상대의 정체를 짐작하는 것은 어려운 일이 아니다.

"무왕 벨티아!"

언데드 군세와 건물들을 연달아 뛰어넘으며 벨티아는 순식간에 셀라스 대신전 서쪽 성벽에 도달했다.

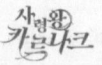

신전 기사들이 저마다 투기검을 뽑아 들며 치를 떨었다.
"젠장……."
"시프라스의 무왕이 왔을 줄이야……."
이들 역시 오러 유저로 무명을 떨쳤지만 감히 무왕과 비견될 수는 없다.

상대가 안 된다는 걸 너무도 확실히 아는데, 반드시 죽게 될 것을 의심할 여지가 없는데 과연 싸울 수 있을까?

신전 기사들은 물러서지 않았다.

"알리움이여!"

"당신의 검을 보우하소서!"

엄습하는 두려움을 여신에 대한 믿음으로 몰아내며 기사들이 일제히 공격에 나섰다. 수십 줄기의 투기검이 벨티아의 사방을 화려하게 수놓았다.

그녀는 여전히 무심한 표정이었다.

-크로테리안 검술, 만발하는 장미.

황금의 검이 춤을 춘다. 거대한 빛의 꽃이 피어난다. 닿는 모든 것을 멸하는 파괴의 꽃이다.

한 치의 망설임도 흐트러짐도 없는 참격이 기사들의 목을 연달아 베어 갔다.

"컥!"

"크아아악!"

"아아악!"

서쪽 성벽의 모든 기사들이 한 줌 고혼이 되는 데는 채 몇 분 걸리지도 않았다.

벨티아는 잠시 기사들이 쓰러진 곳을 바라보았다. 바닥 여기저기에 저들이 휘두르던 장검들이 널려 있었다.

'쓸 만하겠네.'

휘두르던 검을 잠시 땅에 꽂은 뒤 그녀가 양손을 모았다.

웅웅웅웅!

황금의 오러가 진동하며 거대한 파문을 터트렸다. 널브러진 수십 자루의 장검들이 일제히 허공으로 떠올랐다.

"나아가."

장검들이 일제히 금빛으로 빛나며 칼끝을 한 곳으로 향했다. 여전히 필사적으로 버티고 있는 대신전의 방어선이 위치한 곳이었다.

"찔러라."

수십 줄기의 금빛 궤적이 대신전 상공을 뒤덮으며 날아갔다.

휘이이익!

이내 잔혹한 살육이 시작되었다. 하늘 가득 날아든 빛의 검이 대신전 곳곳을 잔혹하게 부수기 시작했다.

콰쾅! 콰콰콰쾅!

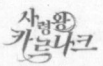

그 가혹한 폭격 앞에 버틸 수 있는 이는 거의 없었다. 검이 부러지고 방패가 쪼개지고 갑주가 산산조각 났다.

"아아아아악!"

결국 대신전 서쪽은 날아든 검의 유성우에 의해 처참하게 붕괴되고 말았다. 무너진 방어선을 향해 언데드 군세와 광익의 천사 무리가 밀고 들어갔다.

죽어 가는 신관들이 절망의 외침을 터트렸다.

"악마!"

"대체 무왕인 당신이 왜 여신을 저버렸단 말인가!"

벨티아는 신경 쓰지 않았다.

지금 그녀에게 중요한 것은 오직 하나뿐이었다.

"흥……."

비웃음과 함께 이어진 금빛의 궤적이 쓰러진 신관들의 목을 모조리 떼어 냈다. 시뻘건 피분수가 솟구치더니 이내 성벽 위를 붉게 물들였다.

멀리서 그 모습을 지켜본 발레리아가 만족스러운 표정을 지었다.

"역시 벨티아 경, 깔끔하네요."

그리고 옆에 있는 여자아이에게 손을 내밀었다.

"그럼 우리도 갈까요?"

아이가 그녀의 손을 맞잡았다.

마치 사이좋은 자매처럼, 두 소녀가 무수한 시체 더미

사이로 걸음을 옮기기 시작했다.

 사방이 죽음으로 가득하다.

 수많은 기사와 신관과 병사 들의 시체 앞에 서서 벨티아는 허공을 올려다보았다.

 대신전 전역에서 검은 기류가 스멀스멀 피어오르고 있었다.

 어둠이 한곳으로 모여든다. 그리고 발레리아의 손을 잡고 있는 작은 여자아이에게 향하더니, 이내 아이의 몸속으로 스며 들어간다.

 여자아이가 발레리아의 손을 놓고 벨티아에게로 뛰어갔다.

"엄마!"

 아이를 안아 들며 벨티아가 걱정스러운 어조로 물었다.

"몸은 어떠니, 라피셀?"

 고개를 까닥이며 아이가 짐짓 의젓하게 대꾸했다.

"이제 괜찮아요, 엄마."

 실제로 어둠을 흡수한 아이의 혈색은 아까보다 훨씬 좋아진 상태였다.

 오히려 벨티아를 이리저리 살피며 걱정스러운 표정을

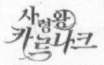

짓는다.

"……엄마는요? 엄만 괜찮아요?"

자기 몸도 아프면서 엄마까지 걱정하다니, 이 얼마나 대견한 딸인가?

벨티아는 빙그레 웃으며 아이를 더욱 껴안았다.

"그럼! 엄마는 강하단다."

다정하게 아이의 등을 토닥이며 그녀는 대신전 저편을 노려보았다.

죽음 가득한 세상을 바라보는 그녀의 눈이 기이하게 빛났다.

"……조금만 더 참으렴, 이제 곧 테스라낙께서 우리 아가가 안 아프게 해 주실 테니까."

그 모습을 지켜보던 사령술사 하나가 발레리아에게 몰래 물었다.

'저래도 되는 겁니까, 정말?'

'거짓말은 안 했잖아요.'

태연하게 대꾸한 뒤 발레리아가 목소리를 높여 말했다.

"전 먼저 가겠습니다, 벨티아 경."

그리고 곧바로 사령술사 부대를 거느린 채 셀라스 대신전 안쪽으로 진입했다.

대신전 깊숙한 곳에 위치한 봉인의 석실을 찾기 위해서였다.

정보대로라면 그곳에 여태 알리움 교단이 모아 놓은 종말의 어둠이 대량으로 봉인되어 있을 터.

하지만 목적지를 찾은 발레리아의 표정은 이내 구겨지고 말았다.

"뭐야, 이게?"

석실은 텅 빈 상태였다.

아니, 정확히는 봉인된 어둠이 조금 있긴 있었다. 하지만 알리움 교단이 몇 년에 걸쳐 모았다기엔 너무도 적었다.

살아남은 하급 신관 하나를 심문하고서야 이유를 알았다.

"도둑맞았다고?"

심지어, 거진 1년 전쯤에 벌어진 일이라고 한다.

어이가 없었다.

"대체 어떤 놈이 훔쳐 간 거야?"

검은 신의 교단은 라케아니아 제국만을 노리지 않았다.

저들이 원하는 것은 종말의 어둠이고 이는 대륙 곳곳에 골고루 뿌려진다. 제국뿐 아니라 7왕국 연합 역시 저들의 목표란 의미다.

제국 서부를 유린하던 테스라낙의 군세가 대규모로 바라칸트 산맥을 넘었다. 산맥과 인접한 유스틸 왕국과 아트링겐 왕국이 저들에 의해 무너졌다.

펠마이어 왕국에서 나타난 하토바의 타락 교황 버네빌에 의해 7왕국 연합 서쪽도 혼란에 빠졌다.

일반적인 전쟁은 보통 이런 식으로 진행되는 법이다.

영토를 차지한다거나, 적군의 피해를 크게 늘려 국가적 관계에서 유리한 위치를 확보한다거나, 혹은 국가를 통째로 멸망시켜 자기 나라로 만든다거나.

검은 신의 교단은 달랐다.

항복을 권유하지도, 조약을 맺으려 하지도 않는다. 오로지 죽이고 또 죽일 뿐이다.

마치 메뚜기 떼 같은 놈들이었다.

끝없는 탐욕으로 모든 것을 먹어 치우는 황충들처럼, 끝없이 죽음만을 낳는 자연재해.

상식이 통하지 않는 대재앙 앞에 7왕국은 속수무책으로 당했다. 간신히 살아남은 이들은 죽음을 피해 도망치고 또 도망쳤다.

그런 이들을 구해 낸 것이 바로 알리우스였다.

첫 시작이 하토바 교단의 생존자를 규합하는 것이었기에, 알리우스의 합동군은 기본적으로 구조대의 성격을 띠고 있었다.

적들과 정면으로 맞서 싸우는 것은 되도록 피한다. 최대한 생존자를 확보하는 것이 목표이며 전투는 어디까지나

부산물일 뿐.

사람들은 이런 알리우스를 구원의 성자라 부르며 칭송했다.

낯부끄러운 호칭이었지만 알리우스도 굳이 말리진 않았다. 허울뿐이더라도 명성이 있는 쪽이 사람들을 더 수월하게 구할 수 있었다.

그렇게 7왕국 곳곳을 돌아다니며 열심히 사람들을 살리고, 규합하고, 검은 신의 별동대와 맞서 싸웠다.

무왕이나 대마법사, 타락 교황이 직접 이끄는 본대는 무조건 피했다. 저들과 마주치면 승산 따윈 전혀 없을 테니까.

하지만, 별동대라 해서 결코 만만한 것만도 아니었다.

유스틸 왕국 남부와 아트링겐 왕국 북부 국경을 나누고 있는 툴라 산맥.

알리우스 합동군은 산맥 초입에 위치한 협곡 요새 카슈켄트에 머무르고 있었다. 패잔병을 거둔 뒤 계속 전투를 피해 남하하며 안전한 장소를 찾은 결과였다.

카슈켄트 요새가 딱히 뛰어난 방어력을 지닌 성채는 아니다. 하지만 주변 산세가 워낙 험준하다 보니 지형만으로도 충분히 유리한 고지를 점할 수 있다.

이곳이라면 합동군의 빈약한 병력으로도 어지간한 군세는 막아 낼 수 있으리라.

그러나 상황은 기대했던 것처럼 잘 풀리지 않았다.

하필이면 카테라의 타락 교황, 스플렌디아 비투스가 직접 대군을 거느리고 이곳을 찾은 것이다.

"하찮은 것이라 무시했더니 지나치게 귀찮게 굴더구나? 슬슬 처리할 때가 되었어."

어찌 보면 당연한 결과였다.

그간 알리우스의 명성이 높아졌다는 것은, 그만큼 그가 테스라낙의 행사를 많이 방해했다는 의미도 되니까.

수만에 달하는 방대한 언데드 군세가 카슈켄트 요새를 몇 겹으로 감싸며 맹공을 퍼붓기 시작했다.

언데드들이 해일처럼 밀려온다. 끔찍한 사령술이 연신 날아든다. 타락 교황의 강력한 술법이 성채 곳곳을 무너뜨린다.

그럼에도 알리우스와 합동군은 필사적으로 버텨 냈다. 무려 사흘이 넘게 무너지지 않고 성채를 지켜 냈다.

하지만 그래 봐야 미봉책에 불과했다. 절대적인 전력 차를 극복할 순 없었다.

점점 합동군의 피해가 커져만 간다. 알리우스의 표정도 더더욱 초조해진다.

'어쩌면 좋단 말인가!'

이대로라면 성채가 함락되는 것은 시간문제.

그렇게 절망 속에서 나흘째 밤을 맞이했을 때의 일이었다.

노을 지는 활엽수림 너머로 뿔피리 소리가 길게 울렸다.

부우우웅-!

뒤이어 숲이 요란하게 흔들리며 한 무리의 군세가 뛰쳐나왔다. 숫자는 대략 3,000, 산 자와 죽은 자가 뒤섞인 군대였다.

말만 들으면 검은 신의 군대와 다를 바 없겠지만 실제로는 오해할 수 없을 정도의 차이가 있다.

검은 신의 군대는 전력의 절대다수가 마물과 언데드, 산 자들은 소수의 사령술사들뿐이다.

반면 저들은 달랐다.

산 자와 죽은 자, 마물 들이 골고루 섞여 있었다. 사령술사뿐 아니라 기사와 마법사, 하물며 신관조차도 보였다.

결코 섞일 수 없는 자들이 하나의 깃발 아래 뭉쳐 있는 것이다.

"저 깃발은?"

노을이 그려진 붉은 깃발을 본 성채의 합동군이 환호성을 질렀다.

"황혼교다!"

"황혼교단이 우릴 구하러 왔어!"

3,000의 군세가 하나의 거대한 창이 되어 스플렌디아의

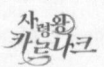

본대를 옆구리부터 치며 달렸다. 수만에 달하는 군세가 맥없이 무너지며 절반으로 쪼개졌다.

보통은 아무리 기습을 당했다 해도 이렇게까지 쉽게 뚫리지 않는다.

하지만 황혼교의 군세는 달랐다. 이들의 선두에는 최강의 창이 존재했다.

바로 붉은 갑주를 걸친 젊은 미녀였다.

"타아아아앗!"

여신처럼 아름다운 외모에 노을처럼 물결치는 찬란한 붉은 머리칼, 전신에서 느껴지는 신성한 기운까지.

그녀가 지나치는 곳마다 무수한 언데드들이 재가 되어 흩어져 간다.

황혼교들 사이에서 신심 가득한 외침이 터져 나왔다.

"모두 찬미할지어다!"

"세라칼의 화신께서 만악을 물리치시나니!"

"황혼의 성녀께서 강림하셨도다!"

성벽 위에서 지켜보던 알리우스가 쓴웃음을 흘렸다.

'아주 단단히 사이비로군.'

한낱 인간을 여신의 화신이니 뭐니 하다니?

뭐, 본인도 구원의 성자니 뭐니 하는 소리를 듣는 처지라 뭐라 하진 못하겠다만.

'저 여인이 요즘 들어 설쳐 댄다는 황혼의 성녀인가?'

일단은 같은 편이니 안면을 익혀야겠다 싶어 유심히 상대를 살필 때였다.
 순간 알리우스는 당황했다.
 "엥?"
 어째 여인의 얼굴이 낯익었다.
 아니, 낯익은 정도가 아니라 그냥 잘 아는 사람이다.
 "……세라티 경?"

 황혼의 성녀.
 이는 지난 몇 달간 급속도로 7왕국 연합 전역에 퍼져 나간 소문의 주인공이다.
 원래부터 황혼교는 각 왕국과 7여신교를 도와 검은 신의 교단과 싸우곤 했다. 다만 그 세력이 그리 크지 않아 어디까지나 보조 역할이었을 뿐 주도적으로 전면에 나선 것은 아니었다.
 그러나 한 여인이 나타난 후 상황이 바뀌었다.
 그녀는 단신으로 적진 한복판에 뛰어들어 일천의 언데드를 한 호흡에 재로 만들었다고 했다.
 검을 뽑아 허공을 가르니 위대한 여신의 빛이 어둠을 사르며 내렸다 했다.

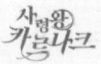

한 걸음 디디면 대지가 스스로 성녀를 떠받들어 높이 세운다고 했다.

솔직히 이쯤 되면 대체 뭔 소린가 싶기도 한데, 어쨌든 보통 대단한 인물이 아니란 건 확실히 느껴진다.

여덟 번째 여신, 황혼의 세라칼이 이 땅에 내린 화신이자 삶과 죽음 가운데 서서 세상을 조율하는 조화의 수호자.

온갖 기적을 몰고 다니며 그녀는 황혼의 세력을 이끌고 7왕국 연합 곳곳에서 검은 신의 군대를 상대하고 있었다.

알리우스 역시 저 황혼의 성녀에 대해서는 익히 들었다. 싫어도 사방에서 소문이 전해져 오니까.

실제로 그녀와 조우하게 되면 어찌 대해야 할지 심각하게 고민하던 때도 있었다.

황혼의 여신을 신봉하는 이단자들과 그들의 성녀라니? 7여신교의 신관으로서는 결코 용납할 수 없는 자들이다.

하지만 전황이 너무 안 좋게 흘러가다 보니 교단 내부에서도 분위기가 많이 바뀌었다.

-황혼교가 이단인지 아닌지 당장 판단할 필요는 없지 않겠소?
-일단 눈앞의 환란을 극복한 뒤 종교 회의를 열어 정식으로 결정해도 될 일이오.

이런 의견들이 점점 목소리를 높이는지라 알리우스도 무시할 수만은 없었다.

게다가 황혼교가 전력에 크게 도움이 될 것만큼은 틀림없는 사실이다.

지나치게 허황된 무용담이 많아 사실대로 믿을 순 없겠지만, 황혼의 성녀에 대한 저 소문들이 절반만 진실이라 해도 지옥으로 변한 이 세상에 한 줄기 희망이 되어 줄 터.

그래서 내심 그녀와 만날 날을 기대한 면도 없지 않았는데…….

"황혼의 성녀시다!"

"세라칼의 화신께서 강림하셨다!"

사방에서 울리는 환호를 뒤로한 채 붉은 머리의 미녀가 전장으로 돌진한다.

그 모습을 멍하니 보며 알리우스는 중얼거렸다.

"……아니, 경이 왜 여기서 나와요?"

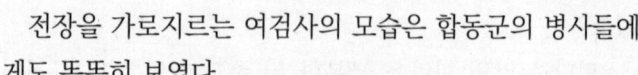

전장을 가로지르는 여검사의 모습은 합동군의 병사들에게도 똑똑히 보였다.

불길처럼 어깨에 두른, 보석처럼 반짝이는 붉은 머리칼.

섬세하고도 투명한 도자기 같은 흰 피부와 뚜렷하면서

도 부드러운 얼굴 윤곽.

작고 오똑한 콧날과 길고 풍성한 속눈썹 사이로 강인한 빛을 발하는 신비로운 적갈색 눈동자까지.

그녀가 전장에 나타난 것만으로도 주변이 환해지는 것 같았다. 병사들이 한탄하듯 중얼거렸다.

"저분이 황혼의 성녀……."

"이 무슨 신성한 아름다움인가……."

"정말로 여신 같아……."

어디까지나 병사들의 나직한 혼잣말에 불과했지만, 신체 능력이 높아지며 청력도 덩달아 좋아진 건지 세라티 귀에도 간간이 들린다.

병사들을 스쳐 지나가며 그녀는 내심 혀를 쳤다.

'아, 적응 안 돼.'

미모에 대한 찬사가 어색하다는 소린 아니었다.

솔직히 예쁘다는 소린 살면서 많이 들었거든?

예쁜 것들은 원래 자기가 예쁜 줄 잘 아는 법이다. 겸손 떠느라 티를 안 내는 것이지.

하지만 성스러운 아름다움이라니…….

'내가 보기엔 나, 별로 바뀐 거 없는 것 같은데.'

어쩜 이렇게까지 주변 반응이 달라지는지 신기할 지경이다.

어쨌든, 적응이 되건 말건 할 건 해야지.

"타앗!"

한 번 더 땅을 박차며 세라티는 새처럼 날아올랐다. 그리고 수많은 언데드 군세 한복판에 착지했다.

언데드들이 그녀를 노리고 다가온다.

"으어어어……."

"으으으……."

세라티는 검을 뽑았다. 칼날이 선명한 푸른 오러를 발했다.

부우우웅!

하지만 부족하다. 이대로는 그저 청색급 오러 유저일 뿐이다.

그러니, 왼손으로 투기검의 칼날을 가볍게 훑어간다.

-황혼검식, 밤의 전조.

화르르륵!

노을처럼 검붉은 불길이 날을 따라 치솟으며 푸른 오러를 뒤덮었다. 이글거리는 투기검이 다가오는 언데드들을 연달아 베어 냈다.

"크어어!"

"카악!"

어설픈 비명과 함께 베인 모든 것이 재로 돌아간다.

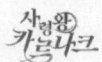

스치기만 해도 불길이 번지며 다른 언데드까지 불살라 버리는 것이다.

찌르고, 베고, 걷어차고, 크게 휘두르며 세라티는 가혹한 불의 공세를 이어 갔다. 화려한 검무와 함께 반경 10여 미터 내의 모든 언데드가 검은 가루로 화해 바람에 흩날렸다. 실로 엄청난 위력이었다.

하지만 이 정도로는 대세에 큰 영향을 줄 수 없다. 기껏해야 손 닿는 곳만을 처리하고 있을 뿐이니까.

더욱 많은 언데드들을 불태우려면 보다 먼 곳까지 검이 닿아야겠지.

싸늘한 미소와 함께 세라티가 투기검으로 허공을 찔렀다.

-황혼검식, 저녁 그림자.

해 질 녘의 그림자처럼, 진홍의 투기검이 10여 미터 가까이 길어지며 전장을 밝힌다.

마치 불의 탑이 우뚝 선 듯한 광경에 적아를 막론하고 당황 섞인 의문을 토했다.

"뭐, 뭐야, 저게?"

"마법? 아니면 오러?"

거대해진 불의 검이 다시 한번 언데드 군세를 난자하기 시작했다.

10여 미터가 넘는 불기둥이 전장을 통째로 갈아엎는 그 광경은 실로 무시무시했다. 반경 수십 미터가 연달아 폭발하며 대지를 뒤흔들었다.
　콰콰콰콰쾅!
　그야말로 신위 그 자체.
　전장의 오러 유저들이 감탄을 흘렸다.
　'저것이 황혼검…….'
　'세라칼이 친히 내려 주셨다는 여신의 검인가?'
　하지만 몇몇 오러 유저들은 묘한 기시감을 느끼고 있었다. 대부분 유스틸 왕국 북부 출신들이었다.
　'기분 탓인가?'
　'저 검술, 어쩐지…….'
　'타스칼 검술 같은데…….'
　물론 곧바로 스스로의 생각을 부정했지만.
　'그럴 리가 없지.'
　'타스칼 같은 삼류 검술과 저런 신기를 어찌 비교한단 말인가?'
　'내 배움이 짧은 탓이로다.'
　실은 이쪽이 진실이었다.
　정말로 타스칼 검술을 바탕으로 창안한 것이었으니까.
　존재하지도 않는 황혼의 여신이 검술을 내려 주었을 리가 없지 않은가?

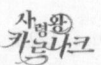

계속해 언데드들을 불살라 가며 세라티는 혀를 내둘렀다.
'역시 무왕이 괜히 무왕은 아니란 말이지? 잘도 이런 걸 뚝딱 만들었어들.'

황혼의 성녀라면 모름지기 황혼스러운(?) 검술을 써야 어울리는 법이다.
이런 이유로 카르나크는 일행 중 오러 유저들을 불러 모았다. 그리고 주문을 넣었다.
"무식하게 신체 능력 높고 오러양만 많은 청색급이 사용할 수 있는 효율적인 검술 좀 만들어 봐!"
상식적으로 이런 헛소리를 들으면 반발하게 마련이다.
장난하세요? 아니, 검술이 그렇게 뚝딱 만들어집니까? 어휴, 누가 입만 나불대는 직종 아니랄까 봐.
뭐, 대충 이런 반응들이 나왔겠지.
하지만 미래의 무왕들은 역시 뭐가 달라도 달랐다.
"안 그래도 구상은 하고 있었는데요."
"어, 레번 경도?"
"그럼 드렐 경께서도?"
둘 다 진작부터 이런 생각을 하고 있었던 것이다.
'아, 저 신체 능력 아까운데.'

'저 힘, 저렇게 쓰는 거 아닌데.'
'더 좋은 방법이 있을 텐데.'

감히 스승이나 다름없는 '언니'에게 할 말이 아니라 티만 안 내고 있었지 라피셀도 상황은 마찬가지였다.

"제, 제가 감히 그래도 될까요?"

허락 떨어지자마자 곧바로 셋이서 머리 맞대고 검술 창안에 들어갔다.

"토대는 타스칼 검술로 잡는 쪽이 좋겠지요, 드렐 경?"

"타스칼 검술도 기본기는 제법 튼튼합니다. 오히려 고도의 검술보다 나을 거요."

"세라티 경 센스로는 갑자기 새 검술 익히기도 힘들 테고 말이죠."

"지금 언니 무시하시는 거예요, 레번 오빠?"

"그럼 네가 보기엔 세라티 경이 곧바로 새 검술을 익혀서 써먹을 수 있을 것 같니?"

"그, 그건 아니지만요……."

"의외로 검술 분야에선 솔직하구나, 라피셀, 너."

레번이 타스칼 검술을 분해하고, 드렐이 정수만 남겨 재조립했다. 라피셀도 옆에서 감각적인 부분을 보완하며 열심히 도왔다.

그렇게 무식한 신체 능력과 압도적인 오러양을 지닌 이가 자신의 능력을 최대한 발휘할 수 있는 검술이 만들어졌다.

하지만 검술이 완성된 것은 아니었다.

레번 스트라우스, 라피셀 크로테움, 드렐타인 텔릭스.

셋 다 미래의 무왕이자 하늘이 내린 천재들이다.

자기들 딴엔 최대한 세라티의 무술적인 센스를 신경 써서 만든다고 만들었지만, 그래도 천재가 범재를 이해하기엔 아직 갈 길이 멀었던 것이다.

실제로 검술 보자마자 세라티가 한 소리는 이것이었다.

"아니, 제가 이런 걸 어떻게 해요?"

여기서 바로스가 나섰다.

"내 그럴 줄 알았죠, 원래 천재들에게 일 맡기면 이렇게 되거든요."

그에겐 데스나이트 로드 시절 무왕들 부려 먹으며 검술을 뽑아내던 경험이 있다.

스스로 뭔가를 창안하지는 못해도, 남이 만든 것을 범재 수준에 맞게 개조하는 데는 뛰어난 재주가 있는 것이다. 본인 역시 범재의 영역에 있었으니까.

바로스에 의해 세 무왕이 만든 고도의 검술 기법이 단순하고 명쾌하게 정리되었다.

어지간한 오러 유저라면 다 따라 할 수 있을 정도로 수법도 단순화되었다.

따라 해 봐야 세라티 같은 기초 능력이 없다면 아무 소용 없게 만들어 기술을 간파당할 걱정도 덜었다.

그렇게 완성된 것이 바로 황혼검식.

황혼의 여신께서 내려 주셨다고 '우기고 있는' 세라티만의 검술이었다.

10여 미터에 달하는 불기둥이 전장을 휘젓는다. 스치는 모든 것을 불살라 재가 된다.

수법 자체는 매우 단순했다. 그냥 횡으로 한 번 쓸고 종으로 한 번 치고를 연속으로 반복할 뿐이었다.

그런데 이것이 세라티의 가공할 오러와 결합하니 끔찍한 결과를 낳는다.

"크아아아!"

"카아아!"

전장을 종횡무진 하는 그녀의 모습에 검은 신의 사령술사들이 치를 떨었다.

"젠장!"

"저 괴물이 여기에 나타나다니?"

사령술사 다섯 명이 동시에 술법을 펼치기 시작했다.

다섯 줄기의 어둠이 오망성을 그리며 사방의 시체들을 끌어모았다. 수많은 뼈와 살점과 썩은 피가 한데 뭉쳐 거인으로 변했다.

자이언트 콥스, 사령술로 창조한 크리처 중에서도 최상위의 마물이었다.

언데드 거인을 출격시키며 사령술사들이 의기양양하게 외쳤다.

"아무리 네년이라도!"

"이번만큼은 통하지 않을 것이다!"

5미터에 달하는 거인이 세라티의 앞을 가로막았다. 시야 가득 그림자가 드리워질 정도의 거구였다.

하지만 세라티는 태연했다.

"500미터짜리 드래곤도 봤는데 5미터짜리가 눈에 차겠니?"

가볍게 발을 구르며 날아오른다. 동시에 길게 늘어뜨렸던 투기검을 도로 원래의 길이로 되돌린다.

자이언트 콥스가 연신 팔을 휘둘러 대며 그녀를 잡으려 했지만 소용없었다. 거인의 덩치에 비해 세라티가 너무 빨랐다.

오히려 상대의 팔을 사다리처럼 밟고 오르며 단숨에 어깨까지 치달린다. 백태가 낀 거인의 눈을 응시하며 쓴웃음을 짓는다.

"편하게 해 줄게요."

예리한 횡베기가 공간을 갈랐다. 그녀의 칼날에서 검은 빛이 뿜어져 나왔다.

-황혼검식, 어스름!

어둠이 거인을 통째로 뒤덮었다. 칠흑의 장막이 5미터에 달하는 거구를 짓누르며 압착하기 시작했다.
와지끈!
건물이 무너지듯, 뼈와 살이 붕괴되며 거인의 잔해가 사방으로 퍼져 나갔다.
사령술사들이 입을 쩍 벌렸다.
"자이언트 콥스가······."
"······저렇게 간단히?"
일격에 언데드 거인을 박살 낸 세라티가 도로 착지하며 떨떠름한 표정을 지었다.
'분명히 강해지긴 강해졌는데······.'
이 역시 수법 자체는 그리 대단하지 않다.
무식하게 오러 펼쳐서 무식하게 뭉개 버리는 것이 전부.
그녀의 압도적인 오러양이 단순한 기술을 이토록 가공할 필살기로 탈바꿈시킨 것이다.
'어째 점점 무인의 길에서는 벗어나고 있는 것 같단 말이지, 나.'

황혼교의 등장으로 전황은 크게 바뀌었다.

전면으로 나선 세라티가 가장 눈에 띄긴 했지만, 다른 이들의 활약 역시 그녀 못지않다.

살짝 부실해졌지만 명색이 대마법사에, 많이 부실해졌지만 전 사령왕과 전 데스나이트 로드, 무왕의 경지에 열심히 턱걸이 중인 실버 나이트도 셋이나 있다. 괴물들 사이에 끼어 있다 보니 평범해 보이는 밀리아조차도 실은 상당한 수준의 성직자다.

이들의 전력만으로도 사실 승산은 충분한 것이다.

그럼에도 일부러 티 안 나게 싸운다.

모두의 시선은 황혼의 성녀에게로 향해야 하니까.

그래서 화려한 공격을 세라티에게 맡기고, 다른 일행은 카슈켄트 요새로 향해 아군을 구하는 데만 전념하는 중이었다.

뭐, 안 하던 짓을 하게 된 카르나크와 바로스는 마냥 어색해하고 있었지만.

[으아, 이거 어렵네?]

[그러게 말입니다요. 차라리 적진 한복판으로 뛰어드는 게 쉽겠네.]

[그건 세라티가 잘하고 있잖아.]

둘 다 적을 죽이면 저절로 아군이 생기는 인생을 살아온 작자들인지라, 전투 중 인명 구조라는 신선한 개념을 받아들이는 것이 영 쉽지 않다.

다행히 훌륭한 모범 사례가 있었다.

[라피셀 따라 하자.]

[그럽시다. 애매하다 싶으면 그냥 남들 하는 대로 해야지.]

그렇게 카르나크 일행은 요새 성벽을 오르내리며 열심히 병사들을 구해 냈다. 덕분에 합동군을 지휘하던 알리우스도 한숨 돌리게 되었다.

'참으로 다행스러운 일인 것은 틀림없다만……'

저 멀리 익숙한 얼굴들을 보며 그가 고개를 갸웃거렸다.

'도무지 모르겠군. 어쩌다 카르나크 공 같은 올곧은 사람이 황혼교 같은 이단과 얽히게 된 것이지?'

참으로 무시무시한 오해를 하고 있는 알리우스였다.

세라티는 계속해 적진을 휘젓고 다녔다.

눈앞의 모든 적을 가공할 괴력으로 부수며 모든 방어선을 종잇장처럼 찢고 지나간다. 그 무엇도 감히 그녀의 앞을 가로막지 못한다.

이제 검은 신의 사령술사들에게 남은 선택지는 하나뿐

이었다.

 멀리서 세라티의 뒤를 공격하는 것.

 지금이야 테스라낙의 권능으로 사령술사 행세를 하고 있지만 이들도 원래는 마법사였다. 다급해지자 최근에 배운 사령술보다 몸에 익은 마법이 먼저 나갔다.

 "프레임 캐논!"

 "라이트닝 볼트!"

 수많은 불기둥과 뇌격이 전장을 가르며 세라티에게 쏟아졌다.

 그녀가 잠시 등 뒤를 힐끔거렸다. 그리고 비웃었다.

 "흥."

 그것이 전부였다.

 딱히 피하거나, 몸을 돌려 방어하거나 하지 않는다.

 그럴 필요가 없었다.

 부우웅!

 세라티의 붉은 갑주 표면에 검은 문자가 떠올랐다. 동시에 발치의 그림자가 솟구쳐 거대한 장막으로 화했다.

 카르나크가 붉은 갑주에 설치한 방어용 사령 결계, 흑영의 장막이었다.

 역시공 초월체 덕분에 카르나크도 예전처럼 사령력이 모자라 허덕이지 않게 되었다. 그리고 그는 일단 사령력만 충분하면 고금 최강의 사령술사였다.

날아든 불기둥과 뇌격이 모조리 장막에 가로막혀 허공에서 폭발했다.

콰콰콰콰쾅!

허무하게 마법을 소모한 검은 신의 사령술사들이 이를 갈았다.

"제길!"

"마법이 전혀 통하지 않잖아?"

애초에 카르나크가 제일 많이 상대해 본 적들이 바로 오러 유저와 마법사다. 그런 만큼 최소한의 힘으로 마법이나 오러를 막는 수법에는 도가 텄다.

"그렇다면!"

"테스라낙 님의 권능을 맛보아라!"

이번엔 수십 개의 검은 칼날이 허공에서 생성되어 그녀에게 쏟아졌다. 마법 대신 본격적으로 사령술을 구사한 것이다.

여전히 세라티는 신경 쓰지 않았다.

'마법으로도 안 되는 게 사령술로 될 리가 있겠니?'

아니나 다를까, 모든 칼날이 장막에 막혔다.

심지어 이번엔 폭발도 일어나지 않는다.

그냥 쏙 흡수되더니 장막이 더욱 두꺼워졌다. 되레 힘을 더해 준 것이다.

검은 신의 사령술사들은 경악했다. 이들의 상식으론 있

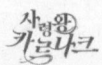

을 수 없는 일이었다.

"어떻게 저런 일이?"

"정말로 여신의 힘인가?"

놈들을 노려보며 세라티는 잠시 고민했다.

저들의 원거리 공격이 딱히 위협적이지 않은 것은 사실이지만, 그렇다 해도 저대로 놔두는 건 영 거슬린다.

하지만 '저녁 그림자'만으론 저 먼 거리까지 공격이 닿지 않지.

그래도 문제는 없다.

그녀에겐 조력자가 있으니까.

[이번에도 부탁해요.]

[알겠노라.]

짧은 전언이 오갔다. 이내 나부끼는 그녀의 망토 사이로 새하얀 고양이 한 마리가 나타났다.

피비린내 나는 전장과는 영 어울리지 않는 그 모습에 병사들 몇몇이 당황했다.

"엥?"

"고, 고양이?"

다행히 황혼교 쪽에서 깊은 신앙심과 담아 고양이의 정체를 알려 주었다.

"오오!"

"저것은!"

"세라칼 님의 신수! 플로케!"
당연하지만 진짜 정체는 용황제 그라테리아다.
파악한 진실을 카르나크 일행에게 알려 준 뒤, 그라테리아는 앞으로 정체를 숨기겠다고 했다.

-내가 무사하다는 것이 우리의 몇 없는 유리한 점인데 그걸 잃을 순 없지 않겠나?

그러니 드래곤의 모습으로 돌아다닐 순 없다.
카르나크 일행이 새끼 드래곤을 데리고 다닌다는 사실만으로도 테스라낙이라면 충분히 정황을 유추해 낼 것이다.
하지만 세계의 수호자인 그였다. 정체 감추겠다고 으슥한 곳에 숨어 있을 생각도 없었다.
해결책은 어렵지 않았다.

-그냥 이제껏 하던 대로 하면 되겠지.

고양이가 세라티의 어깨 위로 폴짝 뛰어오르더니 늠름하게 울부짖었다.
"우냐냥!"
그녀의 머리 위로 거대한 마법진이 떠오르더니, 이내 무

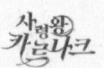

수한 마법이 전장의 언데드 군세 위로 쏟아졌다.

거대한 불새가 날아오른다. 눈보라가 몰아친다. 대지가 흔들리며 수십 줄기의 회오리 돌풍이 곳곳을 휩쓴다. 번개가 연신 내리치며 찬란한 섬광이 연속으로 빛난다.

가공할 파괴의 권능이 드넓은 전장 전체를 뒤흔들었다.

콰콰콰콰콰콰쾅!

얼마나 강력한 마법이었는지 인근 지형이 일부 변할 지경이었다. 전장을 그린 거대한 벽화를 통째로 불사르면 아마도 이런 느낌이리라.

그 광경을 지켜본 합동군의 병사들은 경악에 빠졌다.

"맙소사······."

"저것이 황혼의 여신의 힘이란 말인가······."

경악까진 아니지만 카르나크 일행도 혀를 내두르긴 마찬가지였다.

[아무리 봐도 놀랍구먼.]

특히나 마법사인 디오스는 더더욱.

[어떻게 플로케의 몸으로 저렇게 강력한 마법을 쓸 수 있지?]

카르나크가 쓴웃음을 지었다.

[어, 실은 반대야.]

플로케의 몸이라서 저렇게 '하찮은' 마법밖에 못 쓴다는 쪽이 진실이다.

[그 하찮은 수준조차도 너무 높을 뿐이지.]

실제로 그라테리아는 부끄러워하고 있었다.

[미안하구나, 이 아이의 몸으론 이 정도가 한계인지라……]

세라티는 묘한 표정으로 그라테리아를 바라보았다.

복실복실한 고양이의 모습으로, 열심히 앞발을 핥으며 딴청을 피우고 있다.

'이 양반, 슬슬 고양이 행세에 완전히 적응해 버린 모양이네.'

물리적인 공격은 세라티의 가공할 신체 능력을 뚫지 못한다.

마법적인 공격은 카르나크의 두꺼운 방어 결계를 뚫지 못한다.

원거리 공격은 무려 용황제께서 대신 써 주신다.

그야말로 움직이는 성채가 되어 세라티는 마음껏 날뛰었다. 그녀가 날아드는 곳마다 언데드 군단이 사분오열되어 흩어져 갔다.

결국 요새의 포위망마저 완전히 무너졌으니 이제 남은 일은 확실하게 승리의 쐐기를 박는 것뿐.

전장을 크게 훑으며 세라티는 고민했다.

'어쩌지?'

역시 광범위한 공격은 그라테리아의 마법이 제일 효과가 좋지만…….

'아, 그거 써 봐야겠다.'

마침 이번에 또 새로운 검술을 하나 익힌 그녀였다.

이 황혼검식이란 게 완성은 진작 되었는데, 세라티가 아직 전부 터득하질 못한 것이다.

슥 보자마자 척척 익히는 것은 천재들만의 전유물이고, 일반인은 시간과 노력을 들여 천천히 습득하는 게 정상이다.

결심한 세라티가 투기검을 하늘 높이 쳐들었다.

"타아아앗!"

그녀 주위로 방대한 기운이 회오리치며 일어나 칼끝을 타고 올랐다. 가공할 권능이 뭉치고 또 뭉치며 거대한 빛의 구로 화했다.

마치 또 하나의 태양이 전장 위에 떠오른 듯한 광경이었다.

그대로 일검을 내리긋는다.

-황혼검식, 일몰!

태양이 떨어지기 시작했다.

찬란한 빛이 사방으로 쏟아진다. 언데드들이 주춤대며 뒤로 물러선다.

 "크으으……."
 "으으으……."

 그 모습을 지켜보며 세라티는 레번, 드렐과의 대화를 떠올렸다.

 -이, 이렇게 하라고요?
 -네.
 -그냥 오러를 최대한 뭉쳐서 띄우는 것이니 충분히 가능할 겁니다.
 -아니, 제 재주로 이 정도 오러를 제어할 수 있을 리가 없잖아요?
 -그게 포인트죠.
 -제어를 못 하면, 못 하는 대로 써먹으면 되잖습니까?

 떨어지는 태양이 진동하며 굉음을 떨쳤다.
 쿠우우우웅!
 간신히 형태를 유지하던 제어력이 결국 완전히 사라졌다. 태양이 응집력을 잃고 사방으로 흩어지기 시작했다.
 수십, 수백에 달하는 어마어마한 오러의 파편이 유성우가 되어 광범위한 영역을 뒤덮었다. 무자비한 융단폭격이

전장 전역을 두들겨 댔다.

콰콰콰콰콰쾅!

끝없는 폭음과 비명과 파괴와 폭연 속에서 세라티는 차분히 검을 거뒀다. 그리고 자신이 일으킨 기적을 응시하며 새삼 감탄했다.

'와, 천재 셋이서 머리 맞대고 연구하니까 진짜 별게 다 되네.'

세라티가 일으킨 기적, '일몰'은 요새 성벽 위의 알리우스에게도 똑똑히 보였다.

'정말 저 여인이 세라티 경이란 말인가?'

그녀가 선보인 전장의 위업은 그 자체로 유례가 없을 정도는 아니다. 사실 무왕이나 대마법사도 비슷한 결과를 만들어 낼 순 있었을 것이다.

하지만 뭔가 다르다.

타고난 재능과 노력으로 초인의 경지에 오른 것이 아닌, 근본적으로 궤를 달리하는 존재.

그럴 리 없다고 생각하면서도 알리우스는 자기도 모르게 중얼거렸다.

"정말로…… 여신의 화신인가?"

카슈켄트 요새에서 멀리 떨어진 숲 언저리.

검은 법복을 걸친 금발의 젊은 여인이 전황을 지켜보고 있었다. 검은 신의 군대를 지휘하던 카테라의 타락 교황, 스플렌디아 비투스였다.

"황혼의 성녀라……."

저 여인 때문에 다 잡았던 승리를 놓치게 되었다.

하지만 스플렌디아가 전면으로 나섰다면 결과는 달라졌을지도 모른다. 타락 교황인 그녀의 권능이라면 전장의 흐름을 바꾸는 것도 충분히 가능했으니까.

그럼에도 스플렌디아는 움직이지 않았다.

황혼의 성녀가 이곳에 있다는 소리는…….

"그자도 여기 있다는 의미겠지."

테스라낙의 명령은 절대적이었다.

그 명령이 있는 한 그녀에게 선택지는 둘뿐이다.

이대로 물러서거나, 죽어서 테스라낙께 돌아가거나.

하지만 죽을 순 없다. 그녀에겐 아직 이 땅에서 해야 할 일이 많이 남아 있다.

"명하신 것이 있으니 물러날 수밖에……."

스플렌디아가 숲의 그림자 사이로 모습을 감췄다. 요새를 포위하고 있던 검은 신의 군대도 천천히 후퇴하기 시작했다.

그 광경은 카슈켄트 요새의 병사들에게도 똑똑히 보였다.

"적들이 물러난다!"

"이겼다!"

"살았어! 살았다고!"

생존자들의 환호성이 터져 나왔다.

"황혼의 성녀님 만세!"

"세라칼 님 만세!"

허신(虛神)의 은총(grace)

 전투가 끝났다. 세라티가 이끄는 황혼의 군대가 카슈켄트 요새로 들어섰다.
 합동군의 지휘관이자 요새의 책임자로서 알리우스가 나아가 그들을 맞이했다.
 붉은 갑주의 여인이 우아한 태도로 예를 표한다.
 "오랜만입니다, 알리우스 님."
 알리우스도 성호를 그으며 답했다.
 "구원에 감사드립니다, 세라티 경. 그대들이 아니었다면 얼마나 많은 피가 흘렀을지 모르겠군요."
 둘 다 평소와 달리 엄숙하게 예의를 갖춰 서로를 상대하고 있었다.
 각 세력을 대표하고 있으니, 사람들 앞에서는 그에 어울리는 태도를 취하는 것이다.

요새 중앙 성채를 가리키며 알리우스가 말을 이었다.

"일단 안으로 드시지요."

세라티를 비롯해 황혼군의 수뇌부, 즉 카르나크 일행이 알리우스를 따라 성채 안쪽으로 향했다. 그 모습을 바라보며 합동군 병사들이 의아해했다.

'구원의 성자와 황혼의 성녀가 서로 아는 사이였나?'

몇몇 이들은 고개를 끄덕이고 있었다.

'과연, 그 소문이 사실이었군.'

'황혼의 성녀가 원래는 파사의 마법사의 일행이었다더니……'

그렇다면 안면이 있는 것도 전혀 이상할 것이 없다. 애초에 알리우스가 유명해진 이유부터가 카르나크를 따라다닌 덕이 아닌가?

그저, 파사의 마법사가 어쩌다 황혼교 같은 이단과 얽히게 되었는지가 의아할 뿐.

사람들의 의혹 섞인 시선을 뒤로한 채 알리우스와 세라티, 그리고 카르나크 일행은 성채 안으로 들어갔다.

주위 사람들을 물리자마자 알리우스가 표정을 바꿨다.

세라티 뒤에서 빙그레 웃고 있는 카르나크를 노려보며 눈을 치켜뜬다.

"이게 대체 어떻게 된 겁니까? 세라티 경이 왜 황혼의 성녀가 되어 있는 겁니까?"

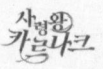

"아, 그게 말이죠……."

몇 달 전의 일을 떠올리며 세라티가 고소를 머금었다.

─◆─

강림한 테스라낙을 쓰러뜨리려면 어떻게 해야 할까?

가장 확실한 방법은 물론 카르나크의 빠른 자살인데, 이는 결코 택해선 안 될 길이다. 심지어 카르나크 본인조차도 인정하는 사실이다.

"지금은 나 역시 시공 회귀를 저지를 생각이 전혀 없어. 남은 세계가 멸망한다는 걸 알게 되었으니까."

하지만 수십 년 뒤에는?

화장실 가기 전과 다녀온 후의 생각조차도 같지 않은데, 하물며 그 무감각의 지옥을 수십 년씩 겪고 나서도 과연 저 생각을 고수할 수 있을까?

"그럴 리가 없지, 안 그래도 나 변덕 심한데."

그렇다면 잠시 아스트라 슈나프의 힘만 얻었다가 도로 버리면 안 되냐고?

저 권능을 버리는 유일한 방법이 바로 시공 회귀다. 일단 아스트라 슈나프로 돌아가고 나면 다른 선택지가 없다.

그러니 카르나크를 살려 둔 채로 테스라낙을 능가할 방법을 찾아야 한다.

허신(虛神)의 은총(grace)

문제는…….

"지금의 그는 용황제이자 사령왕이다."

테스라낙을 언급하며 그라테리아가 카르나크를 힐끔 보았다.

"용황제와 사령왕이 어떤 힘을 지니고 있고 무엇을 할 수 있는지는 우리들이 제일 잘 알고 있지."

"그건 그렇지요."

'원래 용황제'와 '원래 사령왕'이 서로를 보며 쓴웃음을 지었다.

테스라낙을 능가하는 일 따윈 불가능하다. 이건 그냥 답이 없다.

"그러니 그대들의 목표는 이것이 되어야 할 터다."

최소한, 테스라낙 눈앞에서 맥도 못 쓰고 쫓겨나지 않을 정도의 능력까지는 갖추는 것.

그래야 전략이건 전술이건 구사해서 반격이라도 꾀할 수 있을 테니까.

그라테리아의 말에 카르나크가 고개를 저었다.

"그것도 말처럼 쉬운 일이 아닙니다."

카르나크가 사령술에 전념해, 힘을 키워 생육신을 유지한 채 사령왕 시절의 수준까지 강해진다면 지금의 테스라낙을 상대할 수 있을까?

어림없다는 건 본인이 제일 잘 알고 있다.

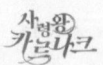

이미 해 봤으니까.

"그가 순수한 용황제이던 시절에도 패배했는데, 사령술까지 손에 넣었으니 오죽하겠습니까?"

게다가 저쪽에는 전성기의 무왕과 대마법사 들도 있다.

간신히 해치웠던 레번 스트라우스와 드렐타인 텔릭스, 엘레자르 데 리플라시온이 부활했다.

저들이 온 세상을 쑥대밭으로 만들며 모습을 드러내는 과정에서 알려진 일이었다. 카르나크 일행도 황혼교를 통해 저 소문의 진위를 확인했다.

또한 마지막 무왕이었던 말리칸 툰마저 나타났으며, 기존의 무왕 벨티아와 대마법사 기엔 렌, 디오그레스 콜론도 건재하다.

그에 비해 이쪽은?

레번과 드렐, 라피셀이 행운이 따라 전원 무왕이 되어 주고 바로스가 입맛 떨어지는 걸 감수하며 데스나이트 로드 시절의 힘까지 쓴다고 해도 무왕급이 네 명.

여기에 육체적 한계에 얽매여 있는 부실한 대마법사가 한 명 더 있을 뿐이다.

요약하자면 이런 상황인 것이다.

"멀쩡한 용황제와 사령왕, 전성기의 무왕과 대마법사 들을 상대로 무능해진 용황제와 사령왕, 부실한 무왕과 대마법사가 싸워야 하는 꼴이죠, 심지어 숫자도 더 적고."

카르나크의 설명에 바로스가 인상을 구겼다.
"그렇게 말씀하시니 진짜 암담하구만요……."
그라테리아도 고개를 끄덕였다.
"그렇다, 암담하지."
그럼에도 그는 계속해 고민하고 또 궁리했다.
수많은 세월 속에서 쌓은 지혜와 지식, 거기에 테스라낙의 수많은 실패까지 뒤져 가며 어떻게든 타개책을 찾으려 했다.
그때 문득 떠오른 것이 있었다.
상대와의 격차를 줄이기 위해서, 반드시 이쪽이 강해져야 하는 것만은 아니다.
반대로 상대가 약해져도 종국에는 같은 결과가 나온다.
그렇다면?
"생각했지. 테스라낙의 대척점이 되는 존재가, 그의 힘을 강탈해 맞선다면 어떨까 하고."
이해하기 쉽지 않은 말이라 다들 의아해했다.
라피셀이 고개를 갸웃거리며 물었다.
"대척점이라니, 카르나크 님 말씀인가요?"
"그는 대척점이 아니다."
그라테리아가 카르나크를 향해 매서운 눈길을 보냈다.
"모든 일의 원흉이자 만악의 근원이지."
다들 수긍했다.

"아, 예."

"하긴 그렇죠."

심지어 카르나크 본인조차도.

"확실히 난 원흉 쪽이지. 음음."

내심 혀를 차는 세라티였다.

'에휴, 분명히 스스로의 잘못을 인정하고 있는데 왜 저 인간이 말하면 싸가지없어 보이는 걸까?'

하여튼 카르나크는 대척점이 아니다, 될 수도 없고.

"세라티, 인간의 아이여."

용황제가 붉은 머리의 여인을 빤히 바라보았다.

"그대가 바로 테스라낙의 대척점이다."

세라티는 놀라지 않았다.

대화의 흐름을 보건대 어째 이런 식일 줄은 알았으니까.

그저 궁금하다.

"왜 하필 전데요?"

"테스라낙이 지닌 용황제와 사령왕의 권능은 '검은 신의 은총'으로 통합되어 있다. 그리고 현세엔 또 다른 은총을 사용하는 자가 한 명 더 존재하지."

"그게 저라고요?"

"짚이는 곳이 없지는 않을 텐데?"

물론 없지 않다. 아니, 아주 많다.

나날이 늘어만 가는 신체 능력과 오러양을 보고도 아무

허신(虛神)의 은총(grace) 251

생각 없을 만큼 세라티는 멍청하지 않았다.

하지만 그것이 은총이라고?

"대체 누구 은총인데요, 존재하지도 않는 황혼의 여신일 리는 없고."

그라테리아가 웃으며 반문했다.

"그럼 검은 신은 실존하던가?"

"네? 테스라낙이 검은 신이라면서요?"

"그러니까, 그가 신이었냐는 말이다."

세라티의 말문이 막혔다.

용황제가 신적인 존재일지는 몰라도, 확실히 신은 아니다.

"이것부터 확실히 해야겠군요."

대신 카르나크가 질문했다.

"대체 그 은총이라는 것이 정확히 뭡니까?"

은총(grace).

이는 성직자들이 구사하는 신성력과는 전혀 다른 의미의 권능이다.

그리고 이를 이해하기 위해서는 여신과 신앙의 본질을 먼저 파악할 필요가 있다.

사람들은 일곱 여신을 섬긴다.

태양의 여신, 달의 여신, 별의 여신. 그리고 바람과 물과 바다와 대지의 여신들까지.

"이상하게 생각해 본 적 없나?"

문득 그라테리아가 물었다.

"왜 여신들이지?"

드렐이 되물었다.

"왜 남신들이 없냐는 말씀인 겁니까?"

"그보다 더 본질적인 의문이다."

새끼 드래곤이 고개를 도리도리 저었다.

"왜 신에게 성별이 있는 것이지? 신이 새끼라도 치나?"

성직자인 밀리아가 차분히 대꾸했다.

"물론 신은 인간의 인지를 초월한 존재이며, 당연히 성별이 있을 수 없지요."

저건 이미 신학의 오랜 담론 중 하나였고 여러 가지 결론도 나온 상태였다. 때문에 대답도 어렵지 않았다.

"그저 낮은 자리의 우리들에게 다가오시기 위해 여신의 형태를 취하시는 것뿐입니다. 사내는 죽이고 파괴하는 존재이지만, 여인은 낳고 키우는 존재니까요."

그라테리아도 밀리아의 말을 딱히 부인하지는 않았다.

"그렇다, 그것이 신학의 가르침이지."

그리고 조용히 반문했다.

"즉, 신학에서조차 인간에 맞춰 신들의 성별이 결정되고 있다고 가르친다는 의미겠지."

"그런 의미가 아닌데요?"

"아니, 그런 의미가 맞다."

딱 잘라 말하는 그라테리아의 태도에 밀리아의 안색이 굳었다.

명색이 성직자인 그녀가, 자신의 가르침을 부인당하는 상황을 쉽게 받아들일 수 있을 리 없는 것이다.

하지만 이어진 용황제의 말에 밀리아의 말문이 막혔다.

"천여 년 전만 해도, 인간들은 7여신교가 아니라 오대신교라는 이름으로 다섯 명의 신을 섬기고 있었으니까."

당시엔 모든 신들이 여신이 아니라 남신이었다.

사내는 세상을 지배하고 관리하는 존재이지만, 여인은 그런 사내를 보필하고 내조하는 존재라는 사상에 입각해서.

이것이 라케아니아 제국의 설립과 동시에 몰락하고 7여신교라는 새로운 종교가 떠오른 것이다.

"알겠나? 어차피 인간들의 인식이라는 건 시대에 따라 수시로 변한다는 의미다."

심지어 이는 멀리 갈 것도 없이 현재에도 벌어지는 일이었다.

요정족들은 일곱 여신 대신 타알이라는 자신들만의 신을 믿지 않는가? 그럼에도 불구하고 신성력은 똑같이 발현되고 있고.

"당연한 이야기지. 용족이나 요정족도 결국은 같은 사람이니까."

'인간'은 인류라는 한 종족만을 의미하지만, '사람'은 대화를 나눌 수 있고 지성을 지닌 존재 전체를 포괄하는 넓은 범위의 단어.

"이렇듯 신조차도 사람들의 인식에 따라 수시로 변하곤 한다."

애초에 태양은 태양이고, 달은 달이며, 별은 별일 뿐.

저들이 있기에 사람들이 살아갈 수 있지만, 그것이 태양과 달과 별이 사람들을 위해 뭔가를 해서는 아니다.

그러나 사람들이 하늘을 올려다보고 기원하자, 그 믿음이 수없이 쌓이고 또 쌓이자 태양과 달과 별을 관장하는 세계의 흐름에 의식이 생겨났다.

"그것이 신이다."

밤하늘을 올려다보며 그라테리아가 엄숙한 표정을 지었다.

"사람들과 소통하려는 세계의 의지이지."

당황한 사람들이 수군거리기 시작했다.

"그게 무슨?"

"인간이 신을 창조했단 말입니까?"

그런 반응이 나올 줄 알았다는 듯 용황제가 설명을 이었다.

"그렇게까지 오만한 소리는 아니다."

세상을 관장하는 거대한 섭리로서의 신은 틀림없이 존재한다.

세계를 지탱하는 거대한 의지로서의 신도 틀림없이 존재한다.

그저 사람에게 아무 관심도 없을 뿐.

사람들은 저 초월적인 의지와 소통하기를 갈구했다. 하지만 저 거대한 섭리는 필멸자의 좁은 인식으로 접하기엔 너무도 깊고 거대했다.

그렇기에 필멸자의 눈높이에 맞춘 소통 창구를 만들어 낸 것이다.

인류의 일곱 여신과 요정족의 타알처럼.

이렇듯 충분히 많은 사람들의, 충분히 많은 믿음이 모이면 초월적인 의지를 향해 '신'이라는 이름의 소통 창구가 열린다.

지금 벌어진 일이 이와 같다.

"검은 신과 황혼의 여신."

그라테리아는 세라티의 두 눈을 똑바로 바라보았다.

"아직 완전하진 않지만, 틀림없이 초월적인 의지의 편린에 닿아 있는 새로운 소통 창구들이지."

"그러니까 요약하자면······."
미심쩍다는 듯 카르나크가 물었다.
"사람들이 기도해서 신앙심이 모이면 새로운 신이나 여신이 탄생한단 말입니까?"
새끼 드래곤이 혀를 찼다.
"쯧쯧, 그런 오만한 이야기가 아니라 했거늘······."
하지만 깊이 파고들지 않는 이상 저렇게 이해해도 무방하긴 하다.
신의 개념을 어디까지로 보느냐는 문제니까.
카르나크의 질문이 이어졌다.
"뭔가 이상하지 않습니까? 이건 종교를 만들면 신이 생긴다는 소리잖아요."
이제껏 세상에 출몰했던 이단과 사이비가 얼마나 많은데?
그 많은 사교들 중 정말로 새로운 신이나 여신이 생기는 건 여태 본 적이 없다.
"이상할 것은 없지."
그라테리아가 피식 웃으며 되물었다.
"온 세상에 시위는 수없이 일어난다. 하지만 시위하는 이들의 뜻이 통해 세상이 바뀌는 경우는 드물지. 어째서인가?"
"그야 충분히 많은 사람들의 뜻이 하나로 모여 행동으로 바뀌어야 하니까…….”

무심코 대꾸하던 카르나크가 어깨를 으쓱였다.

"그렇군요, 이해했습니다."

이미 검은 신의 교단과 황혼교는 기존의 7여신교를 능가할 정도로 널리 퍼진 후.

반면 기존의 사교들은 잘해 봐야 미신의 영역에 머무를 뿐이었다.

"실패하면 사교, 성공하면 종교인 것이군요."

"실제로, 현재 대륙을 지배하는 7여신교도 오대신교가 주류이던 시절에는 사교이자 이단의 위치였다. 하지만 지금은 다르지 않느냐?"

성직자인 밀리아 입장에선 불경하기 짝이 없는 말이지만 뭐라 반박할 수도 없었다.

무려 수천 년을 살아온 그라테리아가 한 말이었다.

자기가 직접 눈으로 본 일인데 거기다 대고 무슨 반박을 하겠는가?

디오스가 물었다.

"은총은 뭡니까, 그럼?"

검은 신이나 황혼의 여신이 일곱 여신처럼 실존성을 지니게 되었다는 것은 이해가 갔다.

하지만 은총은?

7여신교의 성직자들이 사용하는 힘은 어디까지나 신성

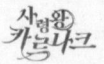

력이다. 은총 같은 권능을 구사하는 건 본 적이 없다.

그러자 그라테리아가 놀랍다는 어투로 말했다.

"의외로 인간의 마법사들이 꽤나 진실에 근접했더구나."

마법학계엔 이런 학설이 있다.

인간의 신앙이 모여서 신적인 권능을 이루고, 그것을 다시 인간들이 나눠 쓰는 것이 바로 신성 주문의 실체.

그러니 인간의 신앙이 모인 근원된 힘을 은총(grace), 나눠 쓰는 힘을 신성력(divine power)라고 따로 지칭해야 한다는 의견이다.

"물론 완전히 진실인 것은 아니다. 인간의 신앙이 모인다고 힘이 생겨나는 것은 아니지."

하지만 신앙이 모이면, 그 힘을 끌어낼 수 있는 통로는 생긴다.

소통 창구가 여신이며, 창구 앞에 모여 힘을 갈구하는 이들이 성직자, 힘을 끌어내는 정해진 절차를 여신께 올리는 기도라 할 수 있겠지.

그렇게 초월적인 의지는 일곱 여신이라는 창구를 통해 눈높이를 낮춰 필멸자들과 소통한다.

힘의 일부를 건네기도 하고, 간혹 신탁 등을 통해 사람들에게 뜻을 전달하려 애쓰기도 한다.

그래서 신탁의 내용이 그토록 모호한 것이다.

인간이 만약 개미와 소통하려 한다면?

최대한 단순하고 직접적인 소통 방식을 써도 개미 입장에서 그것은 하염없이 모호하게 느껴질 수밖에 없다.

 이렇듯 일곱 여신들은 필멸자와 소통하려는 창구의 의지 그 자체.

 하지만 검은 신의 교단과 황혼교는 상황이 좀 다르다.

 "비유하자면, 이들은 소통 창구에 전용 직원이 따로 앉아 있는 셈이라고 해야 할 터다."

 창구를 찾은 손님은 그저 건네주는 대로 제한적인 자원을 받아 쓸 뿐이다.

 "하지만 창구의 전용 직원은 그 안에 든 자원을 훨씬 자유롭게 퍼내 쓸 수 있겠지?"

 개미의 눈높이에서 개미와 소통이 가능하면서도, 인간의 눈높이까지 올라가 그들과도 소통이 가능해진 개미.

 사람으로 태어났음에도 모두의 떠받듦 속에 초월적인 의지까지 오르게 된 거짓된 신.

 바로 허신이었다.

 "그 허신의 권능이 바로 은총이다. 사람이 구사하는 신의 힘이지."

 세라티는 머릿속을 정리했다.

말인즉슨, 테스라낙은 검은 신의 교단을 이용해 신의 힘을 다루고 있으며 그녀 역시 황혼교를 통해 허신이 된 상태라는 것?

 그래도 여전히 왜 하필 그게 자신인지는 모르겠다.

 "정말 황혼의 성녀랍시고 온 세상에 얼굴 팔고 다녀서 그런 건가?"

 세라티의 혼잣말에 그라테리아가 조용히 입을 열었다.

 "사실 허신은 이전에도 이미 존재했다. 심지어 이 자리의 모두가 알고 있지."

 원래 죽음은 삶의 부재이고 어둠은 빛의 부재였을 뿐.

 하지만 신앙이 모이고 모여, 죽음과 어둠이 실체화하며 새로운 소통 창구가 생겼다.

 "죽음의 신, 아스트라 슈나프."

 카르나크가 미간을 찌푸렸다.

 "전 종교 같은 거 세운 적 없습니다만?"

 "하지만 온 세상을 증오와 공포로 뒤덮고, 강제로 모두의 의식을 제압한 적은 있지 않나?"

 "……있지요."

 "모든 산 자와 죽은 자가 그대를 유일한 세계의 주인으로 여기게 만들었고?"

 "그렇……죠?"

 "그게 종교가 아니면 뭐가 종교인가?"

"……말이 그렇게 되나?"

실소하며 그라테리아가 모두를 바라보았다.

"아스트라 슈나프가 왜 그리 강력하다고 생각하지?"

삶의 부재이자 끝에 불과했던 죽음이라는 개념이 카르나크를 통해 세계에 새겨지며 실체화되었다.

죽음과 어둠이라는 새로운 소통 창구가 생기고, 그 자리에 사령왕이라는 허신이 자리 잡았다.

그렇기에 아스트라 슈나프가 저토록 강력한 것이다. 이미 죽음의 섭리이자 법칙, 그 자체에 닿았으므로.

놀란 바로스가 카르나크를 돌아보았다.

"도련님, 진짜로 신이었어요?"

카르나크도 멍하니 눈을 깜빡였다.

"그러게? 나, 신이었어?"

관용구처럼 죽음의 신, 죽음의 신 했는데 실은 진짜였다니?

그라테리아가 바로 핀잔을 던졌다.

"허신! 어디까지나 허신이었다는 소리다!"

뒷머리 벅벅 긁으며 딴청을 피우는 바로스였다.

"허하건 실하건 신의 힘을 쓰면 신이지, 뭘……."

하여튼, 아스트라 슈나프는 분명 필멸자가 닿지 않는 영역에 위치해 있었다.

그리고 이는 용황제 역시 마찬가지였다.

지키는 자, 가호하는 자로서 허신의 영역과 필멸의 영역에 걸쳐 존재하며 종족의 수명조차 초월해 수천 년을 살아온 자.

 하지만 그는 아스트라 슈나프만큼 신성에 깊이 파고들지 않았다.

 "그것이 용황제가 패배한 이유이며, 그가 테스라낙이 된 이유다."

 자신을 제3자처럼 칭하며 그라테리아가 말을 이었다.

 "이후 테스라낙의 행보에 대해선 이미 이야기했지?"

 과거의 세상에 검은 신의 신앙을 퍼뜨리고, 7여신교의 신앙을 어지럽히며 은총을 모았다.

 사령왕의 운명을 훔쳐 본인만의 소통 창구를 만들고, 그 창구의 주인이 되기 위해서.

 "여기서 테스라낙이 미처 생각 못 한 문제가 생겼지."

 문득 그라테리아가 쓴웃음을 지었다.

 "일단 판을 한번 깔아 놓으면, 다른 이가 그 판에서 똑같은 짓을 해도 같은 결과가 나와 버린다는 것을."

 황혼교라는 사교가 생겼다. 그리고 검은 신의 교단의 대척점이 되어 테스라낙의 신앙을 갉아 먹어 갔다.

 그 세력이 나날이 커지고 넓어지니, 결국 황혼의 세라칼이란 소통 창구가 열리게 되었다.

 창구 자체가 의지를 지니고 있지 않으니, 창구의 주인

될 자격을 지닌 이에게 은총이 쏠리기 시작했다.

바로 죽음이 가장 신뢰하며, 세상과 소통할 수 있는 존재에게로.

"죽음의 주인이 가장 신뢰하고 마음 준 이가 누구겠나?"

세라티가 멍하니 눈을 깜빡이더니 카르나크를 돌아보았다.

"……저한테 마음 주신 적 있어요?"

카르나크도 당황하긴 마찬가지였다.

애초에 그런 생각 자체를 해 본 적이 없다.

"글쎄? 내가?"

의외로 레번이나 밀리아 등 다른 일행은 이해하는 듯했다.

"옆에서 보면 그렇게 보이긴 합니다."

"다른 사람들보다 월등히 신뢰하시는 건 사실이잖아요?"

여전히 납득하기 어려운 세라티였다.

'고작 그게?'

하지만 따져 보면 저 인간이 그나마 남의 말 듣는 경우는 정말 자신 정도밖에 없는 것 같긴 하다.

"잠깐? 그럼 바로스 경은요? 그런 조건이면 저보단 오히려 바로스 경이어야 하는 것 아닌가요?"

"그는 두 번째 조건이 맞지 않는다."

세상과 '소통'할 수 있는 존재.

좀 더 정확히는 상식적인 감성과 양심을 지닌, 사람을

이해할 수 있는 사람.

남들이 왜 웃는지, 왜 우는지, 왜 기뻐하며 슬퍼하는지 공감할 수 있는 자.

"뭡니까, 그게?"

어이없어하며 드렐이 중얼거렸다.

"그런 조건이면 누구나 다 된다는 소리잖습니까?"

반면 카르나크와 바로스는 바로 납득.

"너무 조건이 어려운데?"

"그러게요, 난 탈락이네."

세라티도 깊은 한숨을 내쉬었다.

'맞다, 저 인간들 저거 안 되지?'

그 당연한 걸 못 해서 저놈들이 지금 저 모양 저 꼴이 아니겠는가?

문득 다른 점이 떠올라 레번이 물었다.

"라피셀은요? 라피셀도 조건은 비슷하지 않습니까?"

얌전히 듣고 있던 라피셀이 눈을 동그랗게 떴다.

"제가요?"

반면 다른 이들은 또 고개를 끄덕끄덕.

'하긴.'

'카르나크 님이 라피셀도 꽤 예뻐하시지?'

'무려 구하러 가기도 했고.'

그라테리아도 이번엔 동의했다.

"그녀에게도 자격은 있었다."

단지 세라티의 자격이 월등히 컸을 뿐이다.

"아까도 말했지만, 온 세상에 그녀의 초상화를 뿌려 대지 않았나?"

대다수의 황혼교인들이 기도를 드릴 때 실제로 숭배하는 것은 세라티의 얼굴이다. 이미 모든 조건을 만족시킨 상태에서 쐐기까지 박은 셈이다.

덕분에 테스라낙이 어둠과 죽음이라는 사령왕의 운명을 추구할 때 그녀는 자기도 모르게 황혼, 곧 빛에서 어둠으로 향하는 운명을 따르게 되었다.

그리고 이 과정에서 테스라낙에게 가야 할 은총 일부가 세라티에게로 흘러들어 온다.

"테스라낙이 단순히 용황제와 사령왕의 힘을 쓰는 존재라면 이런 일은 벌어지지 않았겠지."

하지만 그는 검은 신의 은총을 이용해 이들을 통합했다. 그렇기에 사령왕의 운명을 훔칠 수 있었지만, 동시에 자신의 운명도 드러내게 되었다.

"그러니 이제부터 할 일은 이것이다."

그라테리아가 카르나크 일행을 돌아보며 근엄하게 말했다.

"온 세상이 황혼의 여신을 찬양케 하라."

황혼의 성녀를 앞세워 세상의 신앙을 모아 은총을 높여라.

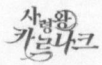

또한 테스라낙의 수하들로부터 종말의 어둠을 강탈해 그녀의 은총으로 바꿔라.

 그리하면 암담하던 테스라낙과의 격차를 손이 닿는 곳까지 줄일 수 있을지니.

 "지금으로서는 이것이 그를 대적할 유일한 방법이다, 황혼의 성녀여."

 겨우 희망이 생겼음에도 세라티는 기뻐할 수 없었다.

 "하지만 이건……."

 한낱 데라트 시티의 일개 오러 유저였던 자신이 여신의 화신이자 세상의 구세주가 된다?

 "온 세상을 상대로 사기 치라는 소리잖아요?"

 "큰 문제는 없을 것이다."

 플로케 속의 용황제가 부드러운 미소를 지었다.

 "많은 종교들이 이런 식으로 시작되는 법이니."

 당시의 일을 상기하며 세라티는 알리우스를 빤히 바라보았다.

 '이 모든 사정을 전부 떠들어 댈 순 없겠지.'

 그리고 내심 한숨을 쉬었다.

 '결국 또 이 짓을 해야 하나?'

의심스러운 눈빛으로 자신을 바라보는 알리우스를 향해, 그녀는 짐짓 감동한 표정을 지으며 입을 열었다.
"그것은 몇 달 전의 일이었습니다······."

평소처럼 어지러운 세상에 대한 불안감을 안고 홀로 기도하고 있을 때였다.
갑자기 눈부신 빛이 눈앞에 나타났다.

-세라티 알렌······.

부드럽지만 강렬한 목소리였다. 경외심에 사로잡혀 세라티가 무릎을 꿇었다.

-나는 황혼의 여신, 세라칼이다. 온 세상이 어둠으로 뒤덮이고 있으니 이제 너를 통해 이 땅을 구원하고자 하노라.

두려움에 떨며 그녀는 항변했다.

-저는 그저 일개 검 쥔 자에 불과합니다. 어찌 제가 그런 일을 하오리까?

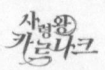

-내가 너와 함께할 것이다. 두려워 말고 따르라. 너의 믿음과 용기가 세상을 희망으로 이끌 것이다.

순간 그녀는 자신의 사명을 깨달았다.
황혼의 이름으로 세상을 구하는 것이야말로 바로 그녀가 이 땅에 태어난 이유였다.

-나의 딸아…… 두려워 말고 앞으로 나아가거라……. 내가 그대와 함께할 것이니…….

―＊―

"……이것이 제가 지금 이 자리에 서 있는 이유입니다."
진지한 표정으로 세라티가 말을 맺었다. 참으로 결의와 열정이 가득 찬 얼굴이었다.
뒤에서 지켜보던 다른 일행이 전언으로 수군거렸다.
[와, 세라티 경 연기가 물이 올랐네요.]
[연기력이야말로 사기꾼의 덕목이지.]
알리오스는 완전히 넘어가 버렸다.
'그런 것이었나!'
누누이 말하지만, 그는 한번 믿은 이는 끝까지 믿는 성격인 것이다.

허신(虛神)의 은총(grace) 269

게다가 납득할 만한 이야기이기도 했다.
애초에 기적은 말이 되지 않기에 기적 아닌가?
"세라티 경, 아니, 황혼의 성녀여."
감동한 알리우스가 성호를 그으며 축복의 기도를 외웠다.
"하토바의 축복이 함께하길 기도하겠습니다. 부디 이 어두운 세상에 한 줄기 빛이 되어 주시기를."
그저 세라티만 죄책감에 시달릴 뿐이었다.
'죄송해요오…….'

 황혼의 여신께서 세라티에게 임하였으니, 파사의 마법사 역시 이 사실을 좌시할 수는 없었다.
 여신의 기적을 똑똑히 목도하고도 어찌 황혼교를 이단으로 몰아붙일 수 있으랴?
 그리하여 다른 일행 역시 성녀와 뜻을 함께하여 세상을 구하는 길에 나서게 되었던 것이다!
 ……라는 것이 카르나크의 설명.
 영 허술한 느낌이 없지 않지만 그래서 오히려 그럴듯하게 느껴진다.
 인간의 인지를 초월한 무엇인가가 개입되지 않고서야 어찌 이런 일이 일어날 수 있을까?

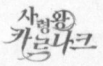

제반 사정을 들은 알리우스는 황혼교와 손잡기로 마음먹었다.

물론 아무리 그가 개인적으로 카르나크 일행을 신뢰하더라도 독단적인 판단으로만 황혼교를 인정할 순 없다.

하지만 이미 7여신교에서는 황혼교에 대한 판단을 유보하자는 의견이 대세였다. 알리우스 역시 지금은 이들을 적대할 이유가 없었다.

기꺼이 황혼의 세력을 받아들였다.

"함께 검은 신과 맞서게 되어 영광입니다. 여신의 가호가 깃들기를."

덕분에 카르나크도 안도했다.

[다행히 잘 넘어갔구만. 혹시 몰라서 설득할 준비도 하고 있었는데.]

슬그머니 마력 바늘을 도로 집어넣는 그를 보며 세라티가 혀를 찼다.

[정말 저지르려고 했어요?]

[이미 한 번 했는데 두 번 못 할 건 뭐야?]

[그따위 사고방식으로 살다가 이 난리 난 거잖아요.]

[……그런가?]

한편 레번은 다른 의미로 어이없어하고 있었다.

'그러고 보니 다들 사령술 자체에는 별 반감이 없어졌네?'

여전히 황혼교는 사령술 펑펑 쓰면서 다니고 있다.

허신(虛神)의 은총(grace)

그리고 7여신교는 불과 몇 년 전만 해도 사령술의 아주 작은 흔적만 보이면 무조건 박멸하려 들었지.

그런데 어느새 '좋은 게 좋은 거지.'라는 식으로 분위기가 바뀌어 버렸다?

'어쩌다 세상이 이렇게 된 거야?'

그렇게 카르나크 일행과 황혼의 군세는 자연스럽게 알리우스의 합동군에 합류했다. 수뇌부가 원래부터 친분이 깊었으니 세력 통합도 부드럽게 이어졌다.

이후 황혼-여신교 연합군은 검은 신의 군세로부터 사람들을 구하기 위해 7왕국 곳곳을 누볐다. 그리고 계속해 승리를 거두었다.

단 한 번의 패배도 없었다.

그토록 강력한 검은 신의 군세가 신기하게도 황혼의 성녀만 나타나면 맥을 못 추고 후퇴에 후퇴를 거듭했던 것이다.

물론 진짜 이유는 세라티 뒤에 있는 카르나크의 존재 때문에 테스라낙의 부하들이 알아서 도주했기 때문이다.

하지만 모르는 사람들이 보면 그녀가 기적을 일으키는 것으로밖에 안 보이겠지.

불패의 성녀, 세라티의 명성이 7왕국 전역을 뒤흔들었다. 많은 이들이 그녀가 진실로 여신의 화신임을 믿어 의심치 않았다.

그 어떤 상황에서도, 아무리 불리한 처지에서도 승리를

안겨 주는 이가 여신이 아니면 누가 여신이란 말인가?

하지만 이것이 마냥 좋은 일인 것만은 아니었다.

펠마이어 왕국의 남부 요충지인 젠타록시.

시내는 군중의 환호로 가득 차 있었다.

황혼-여신교 연합군이 타락 교황 버네빌이 이끄는 검은 신의 군대를 상대로 대승을 거두고 도시를 구한 것이다.

"황혼의 성녀 만세!"

"세라칼 만세!"

모두가 세라티와 황혼의 여신을 외치며 기뻐했다. 다른 여신들의 이름도 외치지 않은 것은 아니지만 아무래도 전자가 압도적으로 많았다.

현재 황혼-여신교 연합군은 알리우스와 카르나크가 공동으로 지휘를 맡고 있다. 하지만 대부분의 사람들은 세라티를 수장으로 여긴다.

어쩔 수 없었다.

카르나크는 일부러 눈에 띄지 않으려 노력 중이다.

알리우스는 성직자 특성상 뒤에서 보조하는 역할이라 전면에 나서지 않는다.

반면 세라티는 가장 선두에서, 가장 화려하게, 가장 거창한 기술을 쓰며 전장을 누비고 있다.

누가 지휘관으로 보이는지는 말할 필요조차 없는 것이다.

심지어 알리우스나 다른 여신교 성직자들도 그 사실에 별 반감을 느끼지 않았다.

그녀가 승리의 주역인 것은 틀림없는 사실이니까.

다른 이들이 선봉장이 되었을 땐 그토록 매섭던 검은 신의 공세가 세라티만 나서면 팍 꺾인다.

명확한 성과가 있는데 거기에 대고 다른 말을 할 만큼 저들은 뻔뻔하지 못했다.

모두의 환호 속에 카르나크 일행은 도시 중앙 시청으로 향했다. 그리고 그곳을 임시 숙소로 삼아 늦은 점심 식사를 가졌다.

구원자이자 해방자인 이들에게 젠타록시는 최상의 대접을 했다. 전장에서 보기 힘든 사치스러운 음식들이 테이블에 차려졌다.

"와, 이 동네 빵 맛있네."

"어쩜 이렇게 부드럽죠?"

"펠마이어 왕국은 밀 종류가 다른가?"

정신없이 음식을 들다 보니 어느 정도 배가 찼다.

문득 작은 어린아이가 일행을 돌아보며 물었다.

"이대로는 곤란하지 않소?"

소년의 몸에 갇힌 대마법사 디오스였다. 아이의 얼굴로

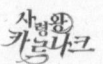

어른의 말투를 뱉으며 그가 고개를 저었다.

"계속 이긴다고 좋아할 상황이 아닌 것 같소만."

승승장구하며 널리 명성을 드리운 덕분에 황혼의 여신에게 향하는 신앙이 높아진 것은 매우 좋은 일이다. 덕분에 세라티 역시 점점 더 은총이 강해지고 있다.

하지만 이것만으로는 부족하다. 저들, 테스라낙의 수하들이 수집 중인 종말의 어둠도 함께 빼앗아야 한다.

그런데 도통 그럴 기회가 오질 않는 것이다.

뭘 해 보기도 전에 알아서 꽁무니를 빼니까.

당장 이 도시를 장악하고 있던 버네빌만 해도 세라티와 황혼군이 나타나자마자 뒤도 돌아보지 않고 도주해 버렸다.

검은 신의 군대엔 한 가지 굉장한 강점이 있는데, 그건 바로 수뇌부가 도망가기 참 쉽다는 점이었다.

어차피 병사 대부분이 언데드다. 모조리 사지에 밀어 넣고 전황을 혼란스럽게 만든 다음 윗대가리들만 쏙 빠지는 것은 그리 어려운 일이 아니다.

"이해가 안 가는구려, 왜 저리 작정하고 도망만 치는 것이지?"

"짐작이 가는 바가 있다."

디오스의 의문에 새하얀 고양이, 플로케의 모습을 한 그라테리아가 대꾸했다.

"아마도 테스라낙은 카르나크가 나타나면 무조건 도주

하라는 명령을 내렸을 것이다."

나름대로 근거도 있는 추측이었다.

"나라면 그랬을 테니까."

난처해하며 카르나크가 머리를 긁었다.

"가만 있자, 그럼 난 전투에 참가하지 말아야 하나?"

레번이 고개를 저었다.

"그래도 소용없을 겁니다. 당연히 숨어 있을 것이라 생각하겠죠."

"그럼, 일부러 다른 장소에서 모습을 드러내거나 하면?"

드렐이 어깨를 으쓱였다.

"그 경우에도 그냥 양쪽 모두에서 후퇴해 버릴 것 같습니다만."

사실 진짜 문제는 이쪽이었다.

검은 신의 군대가 싸우는 목적은 어디까지나 종말의 어둠을 모으는 것뿐이다. 영토를 장악하거나 권세를 얻으려는 것이 아니다.

설령 카르나크의 부재가 확실하다 해도, 굳이 세라티나 다른 일행을 죽이려 노력할 이유가 없는 것이다. 그냥 다른 장소에서 종말의 어둠을 모으면 되니까.

반면 실수로라도 카르나크 앞에서 도망치지 못한다면?

테스라낙의 절대명령을 어기게 된다.

검은 신의 교단 입장에선 무조건 카르나크 일행 전체를

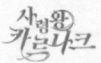

기피하는 쪽이 유리하다. 혹여나 속임수에 휘말릴지도 모르니까.

"가만, 그러니까 우리 일행 중 아무나 모습을 드러내면 놈들은 내가 뒤에 숨어 있을지 모른다고 생각한다는 소리지?"

문득 카르나크의 입가에 미소가 떠올랐다.

"아예 이참에 전부 뿔뿔이 흩어져 볼까?"

일행 전원이 각자 부대를 이끌고 7왕국 각지를 한꺼번에 공략하는 것이다.

그럼 어디에 카르나크가 숨어 있을지 모르니, 검은 신의 군대 입장에선 무조건 후퇴하게 되지 않을까?

바로스가 바로 반박했다.

"그러다 자칫하면 허무하게 각개격파 당할 텐데요? 너무 위험한 시도입니다."

"그것도 그렇군."

결국 상대가 도망조차 못 칠 정도로 광범위한 포위망을 펼치는 방법밖에 없는데, 황혼-여신 연합군의 병력이 그 정도로 많진 않다.

"에잉."

빵 사이에 끼워진 고기 조각을 질겅질겅 씹으며 카르나크가 불평을 터뜨렸다.

"예상했던 것보단 잘 풀리고 있는데, 기대했던 것만큼 잘 풀리진 않네, 이거."

심각한 이야기가 오가는 와중에도 테이블 위의 음식은 빠르게 줄어들고 있었다.

특히나 식사에 열정적인 이는, 해산물 수프에 코를 박고 있는 새하얀 털의 고양이었다.

"웅냥웅냥!"

저게 실은 수천 년을 살아온 세계의 수호자라 생각하면 참 어색한 광경이지만, 어쨌거나 복스럽게 먹고 있는 것은 사실이다.

일행에겐 그리 낯설지 않은 광경이기도 했다.

플로케의 몸에 들어온 후, 그라테리아는 매 끼니마다 저런 모습을 보여 왔으니까.

신기해하며 라피셀이 슬쩍 물었다.

"그렇게 맛있어요?"

"예전에도 말했지만, 3,000여 년 만에 먹어 보는 음식이니 말이다."

도톰한 앞발로 입가를 슥슥 닦으며 그라테리아가 빙그레 웃었다.

"이 아이의 몸이 아니었다면 이런 기분도 다시 느끼지 못했겠지."

원래대로라면 플로케는 모든 용마력을 빼앗긴 시점에서

죽어야 했다. 하지만 당시 이를 지켜보던 세라티는 안타까워한 나머지 이렇게 생각해 버렸다.

-그래도 죽지는 않았으면 좋겠는데…….

동시에 자신도 모르게 은총 일부를 흘려 죽어 가던 화이트 드래곤을 그녀의 권속으로 만들었다.
다만 그녀 자신도 제대로 힘을 자각한 게 아니었는지라 정말 '죽지만' 않았고, 그래서 새끼 상태로 돌아가 버렸다는 게 문제였지만.
"나중에 이 아이에게 몸을 돌려줄 날이 오면 아쉬울 것 같구나."
그렇다고 계속 플로케의 육체를 차지하고 있을 생각은 없다.
그런 '카르나크'나 할 법한 비열한 짓을 용황제께서 하실 리가 없지 않은가?
문득 뭔가 떠올라 세라티가 물었다.
"혹시 이런 방법은 불가능한 건가요?"
"무슨 방법?"
"지금 상태로 젊음을 유지하면서 영원히 사는 방법요."
그라테리아는 용족의 수명조차 초월해 수천 년을 살아왔다. 카르나크처럼 불사의 언데드가 되지 않고서도.

"이처럼 카르나크 님도 생육신으로 오래오래 살 순 없는 건가요?"

불사신까진 아니더라도, 불로장생의 몸이 된다면 적어도 아스트라 슈나프로 돌아가 세상 말아먹을 걱정은 피할 수 있지 않을까?

아쉽게도 불가능한 듯했다.

그라테리아가 단호하게 말했다.

"테스라낙이 그 생각인들 안 해 보았겠느냐?"

카르나크도 고개를 저었다.

"그런 식으로는 안 되더라."

애초에 인간이 느끼는 감각, 쾌락은 흐르는 삶 속에서 파생되는 부산물이다.

완전하지 못한 필멸의 존재이기에 생기는 일종의 부작용이란 소리다.

"영원히 늙지도 죽지도 않으면서 노화와 사망에 가까워지는 행위는 유지하고 싶다는 말인데, 이 자체가 모순이거든."

"그럼 일단 일반인처럼 늙어 가다가 나중에 육체만 도로 젊어지는 건요? 이것도 불가능한가요?"

카르나크와 그라테리아가 번갈아 대꾸했다.

"불가능하진 않지."

"도로 젊어진 시점에서 이미 신성에 닿아 버려서 문제지만 말이다."

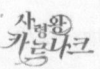

신성을 얻어야 젊음을 되돌려 받을 수 있다. 하지만 그것은 생물의 불필요한 욕망을 극복한 신성한 젊음이다.

그래서 용황제 역시 말하지 않았던가?

3,000년 만에 식사를 해 본다고.

"나 역시 시공이 개입되는 이런 특수한 경우가 아니었다면 이 아이의 몸에 깃들지도 못했을 것이다."

완전한 용황제의 영혼은 너무 강대해 일개 용족이 버틸 수 없다. 아스트라 슈나프였던 카르나크처럼.

그라테리아가 엄숙한 목소리를 이었다.

"불로불사는 가능하다. 불로불사의 삶을 즐기는 것도 가능하지."

하지만 불멸자가, 유한한 자의 삶을 살아가는 것은 불가능하다.

"필멸자가 아니게 되었는데 어찌 필멸자의 삶을 누릴 수 있겠느냐?"

신의 관점에서 보면 쾌락은 죽을 운명인 이들이 지니는 단점이자 약점일 뿐.

자신에게 모자란 부분이 있기에 그 부분을 메우는 과정에서 쾌락을 얻는 것이다.

하나 신성을 지닌 이에겐 모자란 부분이 없다.

모자란 부분이 없으면 메울 것도 없고, 메울 것이 없으면 쾌락도 없음이니.

"원하는 것만 딱 잘라서 얻을 수 있을 만큼 세상의 섭리는 단순하지 않지."

인자한 그의 설명에 세라티는 한숨을 내쉬었다.

"역시 원래 계획대로 움직일 수밖에 없겠네요."

카르나크의 젊은 시절을 최대한 길게 만들어 종말을 피해 볼까 했는데 아무래도 무리인 것 같다.

"그나저나……."

디오스가 다시 원래 문제로 돌아갔다.

"대체 어떻게 해야 저들의 도주를 막을 수 있겠소?"

그라테리아의 추측에 따르면 저들은 테스라낙의 절대명령에 지배당하고 있을 것이다.

어지간히 외통수로 몰아넣지 않는 이상 무조건 도망이 최우선 순위란 소리다.

"어떻게 테스라낙의 명령을 거부하게 만들 방법이 없으려나……."

그러자 카르나크가 슬그머니 손을 들었다.

"저기, 방법이 하나 있긴 해. 그런데 이게 해도 되는 짓인지 아닌지 좀 애매하거든."

애매하다고 하는 걸 보니, 일단 본인도 정말 나쁜 짓은 최대한 피하려고 노력하고 있는 모양이었다.

"물어보기도 겁나지만 그래도 확인이나 해 보죠."

세라티가 조심스럽게 물었다.

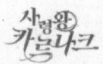

"뭔데요?"

 7왕국 연합으로 넘어온 검은 신의 군대는 크게 셋으로 나뉘어 있다.
 북동부의 유스틸 왕국와 타룸 왕국, 중부의 에트리얼 왕국.
 이 일대는 바람의 타락 교황 발레리아와 무왕 벨티아가 이끄는 어둠의 군세에 의해 짓밟히고 있었다.
 서부의 펠마이어 왕국과 리파울 왕국.
 이곳은 하토바 교단의 본산을 몰락시킨 대지의 타락 교황 버네빌에 의해 쑥대밭이 되었다.
 남부의 알테일 왕국과 아트링겐 왕국은 불의 타락 교황 스플렌디아가 맡고 있으니, 7왕국 연합 전역이 전화에 휩싸여 고통받는 중이었다.
 젠타록 시티에서 버네빌을 몰아낸 세라티와 황혼-여신교 연합군은 그 기세를 몰아 계속 북진했다. 이들의 노호와도 같은 공세에 버네빌의 군세는 마냥 후퇴할 뿐이었다.
 정작 버네빌 본인은 전혀 신경 쓰지 않았지만.

 -또 그놈들이 나타났나? 그럼 피해야지.

세상은 넓고 죽일 사람은 많다.

굳이 황혼-여신교 연합군을 상대하지 않아도 종말의 어둠을 모을 기회는 얼마든지 있는 것이다.

그렇게 세라티의 황혼군이 펠마이어 왕국을 해방시키는 동안, 버네빌의 군대는 에트리얼 왕국 접경의 홀라트 지방까지 전선을 물리게 되었다.

에트리얼 왕국이라면 발레리아의 세력권이었다. 마침 근처에 그녀의 군대가 주둔하고 있기도 했다.

버네빌은 발레리아의 본진을 찾았다.

이왕 이렇게 된 것, 오랜만에 합류하여 그간의 정보를 나눌 생각이었다.

그런데 어쩐지 발레리아의 반응이 좀 묘했다.

"버네빌, 당신까지 여기 오다니……."

"나까지?"

말인즉슨 버네빌 말고 다른 이도 이곳에 있다는 소리.

아니나 다를까, 막사 반대편에서 익숙한 얼굴의 여인이 나타났다.

"오랜만이군요, 버네빌."

"스플렌디아?"

버네빌은 당황했다.

"당신이 왜 여기 있소?"

그녀가 담당하는 남부의 알테일 왕국과 이곳 중부의 에

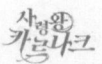

트리얼 왕국은 떠돌다 보니 동선이 겹칠 정도로 가까운 거리가 아니다.

"당연히 테스라낙 님의 엄명을 지키기 위해서죠."

검은 법복 차림의 금발 여인이 어깨를 으쓱였다.

"카르나크, 그자와는 싸울 수 없잖아요? 그래서 후퇴하다 보니 여기까지 왔네요."

어이없다는 듯 버네빌이 혀를 찼다.

"그게 무슨 소리요? 나도 그와 싸우고 있었는데……."

"확실한가요? 난 그의 얼굴을 똑똑히 확인했거든요."

"물론 나도……."

막 대꾸하려던 버네빌의 말문이 막혔다.

"생각해 보니 카르나크 본인을 확인한 적은 없군."

그가 확인한 것은 어디까지나 전면에 나서서 싸운 세라티뿐이었다. 하지만 황혼의 성녀가 있는 곳에 파사의 마법사도 있다는 사실은 이미 전장의 상식 아니던가?

"그래서 당연히 같이 있다고 여겼는데……."

스플렌디아도 이제야 이해가 간다는 표정을 지었다.

"그러고 보면 제가 상대한 군대는 황혼교 놈들이 아니었죠."

카르나크는 알테일 왕국군과 함께 그녀를 상대했다. 세라티의 황혼-여신교 연합군이 아니었다.

둘의 표정이 심각해졌다.

"가만, 그렇다는 소리는……."
"카르나크, 그자와 황혼의 성녀가 따로 움직이고 있다는 의미인가?"

발레리아가 옆에서 정정해 주었다.

"따로 움직이고 있었다가 맞겠죠."

버네빌과 스플렌디아가 이곳에 있다는 것은, 저들을 쫓아온 세라티의 황혼-여신교 연합군과 카르나크의 알테일 왕국군도 근처까지 왔다는 의미다.

"지금쯤 저쪽도 서로 합류했을 테니까."

에트리얼 왕국과 펠마이어 왕국의 접경에 위치한 얕고 넓은 산자락.

수많은 모닥불이 산 아래를 밝힌다. 황혼-여신교 연합군과 알테일 왕국군의 숙영지 불빛이다.

숙영지 외곽의 한 막사에서 카르나크 일행이 커다란 지도를 펼쳐 놓고 지리를 살피고 있었다.

홀라트 서부, 세 타락 교황의 본대가 주둔하고 있는 평야 지대를 바라보며 드렐이 고개를 끄덕였다.

"과연, 이렇게 하면 되는군요."

일행 전원이 뿔뿔이 흩어지는 것은 각개격파 당할 위험

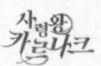

이 너무 크다.

하지만 카르나크만 따로 빠지고 나머지는 여전히 세라티와 함께 움직인다면?

이 경우라면 궁지에 몰릴 일은 절대 없다.

카르나크가 대군을 거느리고 있건 단신으로 돌아다니건, 저들 입장에서는 무조건 피해야 한다. 테스라낙의 절대명령이 있으니까.

물론 그라테리아의 추측이 틀렸을 가능성도 아주 배제할 순 없다. 그래서 만일의 경우를 대비해 딱 바로스만 대동했다.

이러면 설령 저들이 카르나크를 공격해 버려도 최악의 상황만큼은 면할 수 있는 것이다.

전생에서도 증명되었듯, 카르나크와 바로스의 조합이라면 어떤 상황에서도 도망만큼은 반드시 칠 수 있다. 남은 알테일 왕국군의 운명이 좀 가혹하긴 하겠지만.

그렇다면 카르나크와 바로스가 빠진 세라티의 황혼군 쪽이 공격을 받을 경우는 어떨까?

오히려 좋아할 일이다.

사실 수뇌부, 정예 쪽 실력만 보면 카르나크 일행 쪽도 크게 밀리지 않으니까.

분명 테스라낙 측에 강력한 대마법사와 무왕 들이 대거 포진해 있는 것은 사실이다.

하지만 저들 대부분은 라케아니아 제국에 머무르고 있었다.

터져 버린 종말의 어둠 대부분이 제국의 영역 내에 흩어졌다. 인구수만 해도 제국 쪽이 월등히 많았다.

테스라낙에게 있어 7왕국 연합은 상대적으로 중요도가 떨어지는 장소인 것이다.

그렇다 보니 이쪽으로 파견된 대마법사는 한 명도 없고 무왕도 벨티아 한 명뿐, 전반적으로는 타락 교황들 위주로 공략에 나서고 있다.

현재 카르나크 일행의 실력이라면 충분히 승부를 걸어 볼 만했다.

"어디까지나 저들이 도주하지 않는다는 가정하에서의 이야기지만 말이지."

지도를 살피며 카르나크가 차분히 말을 이었다.

"좋아, 일단 한 장소로 몰아넣는 데는 성공했다."

카르나크의 속셈은 타락 교황들 역시 어렵지 않게 짐작해 냈다.

"일부러 우리를 한 곳으로 몰았군요."

지도를 펼쳐 카르나크 측 군세의 포진을 살피며 발레리

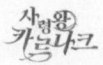

아가 말을 이었다.

"아마도 우리가 뭉치면 더 이상 도망치지 않으리라 여긴 모양이네요."

이상할 것도 없다며 버네빌이 뇌까렸다.

"상식적인 판단이긴 하지."

실제로 테스라낙의 절대명령이 없었다면 타락 교황들 역시 슬슬 전투를 걸었을 것이다.

다들 카르나크의 전략 자체엔 딱히 놀란 표정이 아니었다.

한때는 거대한 교단을 총괄하던 교황의 지위에 앉아 있던 이들이다.

카르나크가 자신의 존재를 숨기고 광범위한 영역에서 후퇴를 종용하는 전략을 세울지도 모른다는 예상 정도는 이미 하고 있었다.

그리고 그에 대한 대책 역시 생각해 두었다.

스플렌디아가 입을 열었다.

"우리가 할 일은 변하지 않았습니다."

테스라낙의 절대명령은 어떤 경우에도 어길 수 없는 것.

"후퇴해서 흩어진 다음, 다시 맡은 바 영역에서 해야 할 일을 계속할 뿐이죠."

후퇴에도 그에 걸맞은 전략이 있기 마련이다.

적을 앞에 두고 아무 대책도 없이 등을 돌리면 쫓기다 몰살당할 뿐이다. 일단은 결전을 벌인 뒤 천천히 병력을 뒤로 빼야 한다.

세 타락 교황이 각자의 군대를 움직였다. 평원을 뒤덮은 언데드 군세들이 대열을 갖추고 총공세를 가할 준비를 했다.

이내, 드넓은 평원 위로 무수한 언데드들이 파도처럼 밀려오기 시작했다.

으어어어…….

우워어어…….

황혼교와 여신교, 알테일 왕국의 연합군 앞에 서서 세라티가 검을 높게 들었다.

"여신의 아이들이여!"

우렁찬 외침이 모두에게 닿는다.

"이는 왕을 위한 싸움이 아니다! 나라를 위한 싸움도 아니다! 우리의 고향과 가족을 지키기 위한 싸움이다!"

그녀의 칼날 위로 황혼의 불길이 치솟으며 거세게 일렁인다.

"두려워 말고 싸워라!"

이내 첫 번째 언데드의 파도가 밀려왔다.

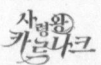

궁수들이 활을 당겼다. 날카로운 휘파람 소리와 함께 수백 개의 화살이 허공을 가르며 날아갔다.

 곧바로 기사들이 돌격하며 말발굽 소리가 천지를 울렸다. 치열한 백병전이 이어졌다.

 철과 철이 부딪히고 병사들이 고함을 지르고 부상자들이 신음한다.

 그 혼탁한 전장 속에서 세라티는 제일 앞장서서 싸웠다.

 적군의 중심을 뚫고 들어가며 황혼의 검을 무자비하게 휘두른다. 그녀가 지나가는 곳마다 언데드들이 불타 재로 변해 간다.

 병사들도 함성을 내지르며 투지를 불태웠다.

 "성녀님의 뒤를 따르라!"

 "여신께서 우리를 지켜보신다!"

 그렇게 세라티가 전방의 언데드 군세를 갈라 버리니 연합군의 좌익과 우익도 움직였다. 거대한 병사들의 물결이 평원 위를 어지럽게 흐르기 시작했다.

 그 속엔 연합군 좌익의 선두에 서서 전황을 살피는 카르나크의 모습도 보였다.

 "과연 이런 식으로 나오는군."

 언데드 군세의 움직임을 본 카르나크의 입가에 희미한 미소가 떠올랐다.

 "역시 너희들도 똑같은 착각을 하고 있구나."

검은 신의 군세는 계속해 밀리기만 했다. 타락 교황 등 실질적인 주력이 참전하지 않은 탓이었다.

이는 무왕 벨티아 역시 마찬가지였다. 그녀는 일반적인 언데드들을 내세운 채 진영 뒤쪽에서 지켜보고만 있었다.

사방에서 몰려오는 연합군을 보고 있자니 아쉬운 마음을 내려놓기 힘들다.

'저들을 그냥 내버려 두고 후퇴해야 하다니…….'

저 많은 생명들, 저 많은 이들의 죽음 하나하나가 종말의 어둠이 될 수 있다.

새로운 세상을 열 초석이자 그녀의 사랑스러운 딸아이를 다시 살게 할 위대한 권능이.

하지만 어쩔 수 없지.

'명령이니 따를 수밖에.'

그렇게 전황을 살피며 적당히 물러설 기회를 엿보고 있던 중이었다.

연합군 좌익에서 한 사내가 말을 탄 채 모습을 드러냈다.

검은 로브를 걸친 흑발의 청년, 실로 익숙한 얼굴이었다.

'저자는?'

순간 분노가 치밀어 올랐다.

'카르나크!'

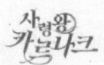

그녀를 두 번이나 농락한 것도 모자라, 사랑하는 딸의 영혼까지 희롱한 용서할 수 없는 자.

당장이라도 달려가 저 간악한 놈의 목을 세로로 찢어 버리고 싶다. 가로로 잘라 버리면 너무 고통 없이 죽이는 게 될 테니까.

하지만 참는다.

'테스라낙께서 명하셨다……'

카르나크의 죽음은 허락되지 않았다. 그러니 따라야 했다.

그때였다. 좌익의 선두에 선 카르나크가 갑자기 고함을 내지르기 시작했다.

"벨티아 크로테움, 인류를 배신한 어둠의 무왕이여!"

마법으로 증폭된 음성이 전장 곳곳에 울려 퍼진다.

"그대는 사악한 힘을 사용하여 죽은 자를 되살리고 사랑하는 가족을 우리의 적으로 만들었다!"

순간 벨티아의 이마에 핏줄이 섰다.

'아니, 저놈이?'

틀린 말은 아니다.

분명히 검은 신의 교단은 저런 행위를 해 왔다.

하지만 저놈이 할 소리는 아니지 않은가?

외침이 이어진다.

"생명은 네 욕망을 채우기 위한 도구가 아니다! 그대에게 고통받는 영혼들을 해방시키고 그대가 저지른 만행을 여기서 끝내리라!"

벨티아는 이를 악물었다.

참아야 한다, 테스라낙의 명령은 지엄한 것이므로.

"지금이라도 늦지 않았다. 스스로의 잘못을 뉘우치고 여신 앞에 속죄하라!"

참아야 한다…….

"그렇지 않으면 그대가 저지른 모든 악행에 대한 대가를 치르리라!"

참아야…….

"어둠은 결코 빛을 이길 수 없음이니!"

벨티아가 검을 움켜쥐었다.

더 이상은 못 참겠다.

죽은 딸의 영혼을 이용해 그녀의 심장을 찢어 놓은 자가, 정의로운 영웅 흉내를 내면서 저딴 개소리를 내뱉어 대는 꼴을 어떻게 계속 지켜보란 말인가?

그녀의 두 눈에서 섬뜩한 금빛 섬광이 터져 나왔다.

"카르나크으으으!"

찬란한 황금의 검이 평원을 밝혀 간다. 강대한 존재감이 사방으로 퍼진다.

곧이어 빛나는 한 여인이 허공에 모습을 드러냈다. 가공할 살기와 투기가 해일처럼 넘실거리며 흘러나왔다.

"저, 저건?"

그녀를 본 연합군 병사들이 기겁하며 외쳤다.

"시프라스의 무왕이다!"

벨티아가 움직였다.

한 걸음에 수십 미터씩 뛰어넘으며 마치 하늘을 나는 듯 빠르게 전장을 가로지른다. 파괴의 오러가 비처럼 쏟아진다.

콰콰콰쾅!

곳곳에서 비명이 터졌다. 감히 그 누구도 그녀의 질주를 막지 못했다.

"피, 피해!"

"으아아아악!"

질서정연 하던 연합군 좌익의 대열이 어지럽게 흐트러졌다. 진군 속도 역시 크게 줄어들었다.

당연한 결과였다.

일 검에 수십, 수백 명을 벨 수 있는 초인을 상대로 일개 병사들이 어찌 평정심을 유지할 수 있을까?

하지만 검은 신의 군대는 그 빈틈을 미처 노리지 못했다.

언데드들을 지휘해야 할 타락 교황들 역시 당황하긴 마찬가지였으니까.

"벨티아 경?"

갑자기 뛰쳐나간 그녀의 모습에 발레리아가 눈을 동그 랗게 떴다.
'아니, 어떻게 명령을…….'
순간 이해가 가지 않았다.
테스라낙의 절대명령이 있는데 어찌 무왕인 벨티아가 이를 어긴단 말인가?
그제야 발레리아는 자신들이 착각하고 있었다는 사실을 깨달았다.
'아차!'

연합군 우익을 이끌고 있던 바로스가 좌익 쪽을 바라보며 빙그레 웃었다.
"과연 도련님 예상대로 움직이는구만요."
그간 검은 신의 군대를 상대하며 카르나크가 세운 가설이 하나 있었다.

-저놈들, 아무래도 나랑 똑같은 착각을 하는 것 같아.

그는 무심코 바로스 역시 다른 이들처럼 자신의 권속이라 여기고 있었다. 워낙 오랜 세월을 그렇게 살아왔기에.

-그런데 어째 저쪽도 비슷해 보이거든.

 현재 테스라낙의 휘하에 있는 무왕은 총 넷이다.
 레번 스트라우스, 드렐타인 텔릭스, 말리칸 툰, 벨티아 크로테움.
 여기서 벨티아만 다른 무왕과 명백히 다른 점이 있다.
 엄밀히 말하면 그녀는 테스라낙의 권속이 아니다. 어디까지나 광신도일 뿐이지.
 그러니 권속을 옭아매는 테스라낙의 절대명령이 그녀에게까지 통하지 않는 것이다. 카르나크의 절대명령이 지금의 바로스에게 통하지 않았던 것처럼.
 물론 벨티아는 테스라낙에게 충성을 다한다. 그러니 권속이건 아니건 명령에 따른다. 이 또한 바로스와 비슷하다.
 하지만 그런 바로스도 절대명령을 어기고 카르나크를 구하러 왔듯, 벨티아 역시 상황이 어긋나면 명령을 거부할 수 있다.
 그 결과가 이것이었다.
 전장을 질주하는 벨티아를 보며 레번이 인상을 썼다.
 "너무한 것 아닙니까?"
 물론 그녀가 유독 정신적으로 불안정한 것은 사실이고, 상대의 약점을 노리는 것이 승리의 조건인 것도 맞긴 하다.
 "그래도 그렇지, 또 벨티아 경이라니……."

그나마 해도 되는 짓인지 아닌지 고민이라도 한 시점에서 예전보다는 나아졌다고 봐야 하려나?
"용케도 세라티 경이 이런 작전을 승인했군요."
바로스가 어깨를 으쓱였다.
"처음엔 반대했었죠."
 원래 카르나크가 준비한 도발의 내용은 이것이었다고 한다.

-딸의 영혼 앞에 부끄럽지도 않은가? 죽은 아이가 어미의 죄악을 보며 눈물 흘리고 있겠구나! 이런 짓을 저지르니 천벌을 받아 딸을 잃은 것이 아니냐!

 레번이 입을 쩍 벌렸다.
"맙소사……."
 이 무슨 심각하게 패륜적인 대사로 점철된 도발이란 말인가?
 이를 들은 세라티의 반응은 참으로 명쾌했다.

-카르나크 님.
-응?
-아가리 닥쳐요.
-어허, 성녀가 그런 험한 말을 하면 쓰나?

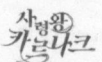

-그럼 바른말을 쓰죠. 그 저열하고 파렴치한 주둥이를 닫으세요.

-……어쨌든 하면 안 된다는 소리 맞지? 어쩐지 좀 애매하더라.

 사람이라면 최소한의 도리는 지켜야 한다는 점은 차치하고서라도, 저런 식으로 도발하는 것은 곤란하다.

 수천 명의 아군 앞에서 파사의 마법사로 불리는 영웅이 저런 식으로 떠들어 대면 평판이 어찌 되겠는가?

 그래서 최대한 정의의 편이 할 법한 말들로 바꾼 게 저것이었다.

 다만 내용이 무난해진 만큼 도발이 제대로 먹히지 않을 가능성도 높아지긴 했는데…….

 "역시 도련님은 지은 죄가 많아서 그런지 바로 먹히네요."

 아마 다른 사람이 저런 식으로 나왔으면 벨티아 역시 그냥 무시했을 것이다.

 "이래서 메시지보단 메신저가 중요하다는 말이 있는 건가?"

 중얼거리는 바로스를 향해 레번이 어이없다는 표정을 지었다.

 "그게 이런 데서 쓰는 표현이었습니까?"

발레리아도 이내 자신들이 무슨 착각을 했는지 깨달았다.

'이제 어쩌지?'

테스라낙께서 카르나크의 죽음을 허락하지 않았으니, 벨티아가 그를 죽여 버리는 경우만큼은 반드시 피해야 한다.

제일 간단한 해결책은 이대로 그녀를 버리는 것이었다.

아무리 벨티아가 무왕이라지만 카르나크 일행의 전력 역시 보통 강해진 것이 아니다. 세 타락 교황 없이 그녀 홀로 버틸 수 있을 리 없다.

문제는 이곳에서 벨티아를 잃어도 되느냐는 점이었다.

테스라낙의 권속들은 죽어도 되돌아가 부활할 수 있다. 하지만 벨티아는 다르다.

여기서 그녀가 죽거나 하면 카르나크가 벨티아의 영혼을 좋다고 집어 먹을 것이 뻔한 것이다. 실제로 내내 저질렀던 짓이 아닌가?

문득 의문이 뇌리를 스친다.

'어째서 테스라낙께선 진작 벨티아 경을 권속으로 거두시지 않은 거지?'

실은 테스라낙도 카르나크와 비슷한 착각을 한 것뿐이지만, 권속인 그녀가 주인에게 의문을 품는 것은 금지되어 있다.

이내 의문이 사라지고 감정만 남았다. 발레리아가 신경질적으로 손톱을 물어뜯었다.
'저들에게 무왕이라는 전력을 더해 줄 순 없어.'
벨티아를 빼내기 위해서는 자신들도 전장으로 돌아가야 한다.
버네빌과 스플렌디아도 동의했다.
"어쩔 수 없구려, 갑시다."
"최악의 경우라 봐야 죽기밖에 더하겠어요?"
"처음 죽어 보는 것도 아니고."
세 타락 교황의 군세 역시 전면전으로 돌아서기 시작했다.

벨티아가 순식간에 카르나크가 위치한 연합군 좌익까지 도달했다. 사정거리에 들어서자마자 곧바로 황금의 오러가 불을 뿜었다.

-크로테리안 소드, 쏟아지는 별빛.

수십 줄기의 검광이 카르나크를 향해 날아들었다. 도저히 피할 장소가 없을 정도로 광범위한 공격이었다.
카르나크 뒤에서 디오스가 지팡이를 내밀었다.

"내가 막겠소!"

여명탐주의 신물, 새벽너울의 지팡이는 미래의 디오그레스 콜론이 챙겨 가 버렸다. 그래서 대신 장만한 저물녘의 지팡이였다.

비록 육체는 잃었다지만 평생 갈고닦은 마법의 지혜와 지식까지 사라지진 않는 법.

지상 최강의 부여술사였던 디오스의 모든 자원이 총동원된 마도기가 검붉은 빛을 발한다.

그 모습을 본 병사들이 감탄을 터트렸다.

"저것이!"

"황혼의 여신께서 내려 주셨다는 신기!"

실은 아무 상관도 없지만 일부러 비슷하게 보이도록 만든 것이었다. 어떻게든 세라티의 명성이 올려야 했으니까.

지팡이를 통해 연속으로 마법이 뿜어져 나왔다.

"아르카나 프로텍트! 리플렉트 베일! 아이스 배리어!"

자그마치 무왕의 공세다. 상대적으로 약해진 디오스의 마법으로는 채 막기 힘들다.

그러니 여러 방어 마법을 동시에 발동한 뒤 중첩해 효력을 높인다!

금빛 섬광의 폭우가 중첩된 빛의 방어막과 충돌해 대규모 폭발을 일으켰다.

콰콰콰콰쾅!

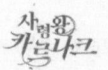

그 틈에 드렐이 몸을 날렸다.

전신을 은빛 오러로 휘감은 채 단숨에 벨티아가 서 있는 곳까지 쇄도해 간다.

"타아아앗!"

두 줄기 오러가 허공에서 뒤얽혔다. 금검기의 파괴력에 드렐의 은빛 투기가 뒤로 밀렸다.

하지만 드렐 본인은 밀리지 않았다.

우아한 검술로 상대의 힘을 흘려 내며 다시금 벨티아에게 파고든다. 오묘한 공세가 무왕의 급소를 교묘히 찔러 간다.

순식간에 수십 차례의 공방이 이어졌다. 검을 주고받던 벨티아의 안색이 살짝 굳었다.

'이자, 슬슬 벽에 도달했구나.'

실버 나이트라고 무시할 수준이 아니었다. 조만간 무왕의 위에 들어설 것이 틀림없었다.

"하지만 아직 부족해!"

증폭된 오러가 드렐의 정면으로 치달았다. 상황이 위급해지자 허겁지겁 디오스도 합공에 나섰다.

"드렐 경!"

2 대 1의 대결이 되자 겨우 상황이 비등해졌다. 팽팽한 사투가 이어지며 가공할 오러와 마법의 힘이 연신 사방으로 퍼져 나갔다.

저런 무자비한 힘의 충돌에 휘말리면 결과는 뻔하다.
"으아악!"
"피해!"
"휘말리면 개죽음이다!"
 근처 병사들은 사색이 되어 허겁지겁 도주했다. 피해야 한다는 지능이 없는 언데드들은 그냥 휘말려서 가루가 되었다.
 콰콰콰쾅!
 순식간에 주위가 텅 비어 무주공산이 되었다. 그 광경을 지켜보며 카르나크가 조금씩 뒤로 물러섰다.
 멀어지는 그를 본 벨티아의 두 눈이 분노로 이글거렸다.
 감히 그따위 헛소리를 내뱉어 놓고서 정작 본인은 도망을 치다니?
"네놈이 사내라면 당당하게 나서라, 카르나크!"
 무왕의 외침이 전장의 하늘을 쩌렁쩌렁 울렸다. 하지만 카르나크는 들은 척도 하지 않았다.
 정말로 듣고 있지 않았거든.
 그의 시선은 벨티아의 너머, 검은 신의 군세로 향해 있었다.
 '자, 다른 놈들은 어쩌고 있지?'

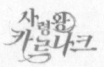

세 타락 교황들이 언데드 무리를 이끌고 카르나크가 위치한 연합군 좌익 쪽으로 향한다.

그 모습에 적진을 갈랐던 세라티의 부대가 반전해 돌아왔다. 연합군 우익의 바로스와 레번도 교황들의 뒤를 쫓았다.

이를 눈치챈 버네빌과 스플렌디아가 인상을 썼다.

"황혼의 성녀인가?"

"당연히 쫓아오겠죠."

벨티아의 안위가 최우선이긴 하지만, 등 뒤의 저들 역시 무시할 수는 없다.

이대로라면 배후를 당해 대패를 당할 뿐 아니라 자신들도 무사히 도망치지 못할 것이다.

"힘을 써야겠군요."

발레리아가 파도의 문양을 새긴 목걸이를 매만졌다.

원래는 바다의 여신 아티마의 성표. 하지만 지금은 테스라낙의 권능에 의해 타락한 검은 성물이었다.

버네빌과 스플렌디아도 같은 판단을 내렸다.

"할 수 없지."

"그분께서 강림하셨으니, 더 이상 거리낄 것이 없도다."

검은 신의 군대 곳곳에서 빛의 기둥이 솟구쳐 올랐다. 그리고 이내 거대한 존재를 토해 냈다.

바다의 발레리아, 그녀는 전신이 물로 뒤덮인 수십 미터 길이의 푸른 뱀이 되었다.

　-강신술, 심해 조류.

　대지의 버네빌, 그는 울퉁불퉁한 암석으로 이루어진 거인으로 전장에 섰다.

　-강신술, 칠흑의 터.

　불의 스플렌디아, 그녀는 이글거리는 불길을 두른 거대한 새의 형상을 하고 있었다.

　-강신술, 검은 성화.

지상에 내려온 타락한 신의 권능들.
이를 본 세라티와 레번이 흠칫 놀랐다.
'뭐야?'
'왜 저렇게 강하지?'
　아무리 진정한 강함은 붙어 보기 전엔 모르는 것이라지만, 풍기는 기세만으로도 어느 정도 짐작은 가능하다.
　예전에 상대했던 제덱스나 렐피아나, 레오슬라프의 기

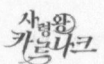

운은 저 정도가 아니었다. 당시보다 월등히 강력한 기운이 전장을 뒤덮고 있었다.

아무래도 테스라낙이 강림하기 전이라 완전히 힘을 쓰지 못했던 것이다.

세라티가 혀를 찼다.

'쳇, 이젠 좀 만만해진 줄 알았는데!'

역시 세상일 참 마음대로 안 돌아간다.

그렇다고 손 놓고 징징댈 수만은 없는 노릇이지.

검에 손을 가져가며 그녀 역시 은총을 끌어냈다. 검붉은 불길이 칼날을 뒤덮으며 광휘를 흩뿌렸다.

-황혼검식, 밤의 전조!

저녁노을의 빛이 전장의 하늘을 넓게 드리우기 시작했다.

다음 권으로 이어집니다